旅先のオバケ

椎名　誠

集英社文庫

目次

はじめに

さしたる目的もなくあちこちに出掛けていた。はじまりは中学生ぐらいだったろうか。同年齢の友達と近くの海べにキャンプの真似事《まねごと》などに出掛け、焚き火《たきび》のやりかたやよく燃える流木の見つけかた、数人用の簡単ごはんの作り方などを経験的に身につけていった。高校生ぐらいから本格的な登山にあこがれ二〜三泊のキャンプ縦走なども体験していった。この本はそうした初歩のキャンプ旅からはじまったぼくのフラフラ旅の、主に「宿に泊まる」ということをテーマに「東京スポーツ」のコラムに連載していたものをまとめたものだ。したがって旅先のオバケ（らしき）モノの話だけでなく風土や自然などが極端に変わっているようなところでの一夜の話などもいろいろ出てくる。

サラリーマンをやめてモノカキになってからはフィールドを海外までひろげ、当時はまだ若かったからだろう、世界の極限地帯などにどんどん行くようになった。

そうした旅の珍しい体験や、それに触発されて膨れあがる自然界に対する興味と疑問を中心にした本などをかたっぱしから読み、そこで得た知識などからまたあらたな発見や関心を求める旅に出る、という連続だった。

そんなことのほんの小さな事例をあげると、あるとき神田《かんだ》の古書店の棚で『よじのぼり植物』という不思議かつ興味を呼ぶ題名の本をみつけた。作者はあのチャールズ・ダーウィンだ。

寄生植物の一種で、親木にコイルのようにまきつき、それからどんどん上に登っていく。あまり伸びすぎると地面に張った根を自分で引き抜いてしまうことになるが、やがて自分の寄生している樹《き》の中程で穴のようなものを見つけると自分の根をさしこみ、そこから水分や養分を得ながらさらにどんどん上にあがっていくのだ。ぼくはその本を読んで、この「よじのぼる」植物はいったい何を考え何を求めているのだろうか、ということがとても気になった。

それから数十年にわたるぼくの世界各国のフラフラ旅時代がはじまるのだが、アマゾンでその問題の「よじのぼり植物」の実物とであった。意外に小さいやつだったが、なんだか長い人生をかけて探し求めていた恋人をついに見つけた、という気持ちだった。

この本にはこうした個人的な興味で世の中をながめてきた話がいろいろ入っている。よじのぼり植物のようにそれを知ったとしても多くの人にとってはなんの役にもたたないような話が沢山含まれている気もするが、まあそういう本なのでかんべんして下さい。

旅先のオバケ

第一章

あとになって フルエルような 恐ろし宿体験

ロシア版奈良の街は四方八方陰気だった

旅の多い人生だ。世界各国、日本各地。ホテルや旅館などの恵まれた寝場所だけでなく原野やジャングルなどでも寝なければならないときがけっこうある。これからしばらくそういう「旅の宿」のよもやま話を思い出すまま語っていきたい。

まず最初は「怖い宿」。要するに「出る」宿だ。世界一〇〇カ国ぐらいいろんなところに行ってきて、そこでおきた出来事を科学的に説明できない体験が何度かある。

ぼくはいわゆる霊感というのはあまりないほうだと思っている。だからこの数回の体験はよほど「相手」が強かったのだ。

そうでなければあれほどいろんなところに行っているのにこのくらいの回数ということはない、と思うのだ。

そう。ぼくは体験上、世の中には科学では説明できないヘンなものが絶対存在すると思っている。そうしてそのヘンなものは、その土地、あるいは建物などに帰属しているのだろうと確信している。

つまりテキはあっちこっち出歩かないのだ。そこにやってきた人間に対していろんな理由と方法で干渉する。まあお化け屋敷だ。そういう由来を知らないでいるとそんなに怖くはない。

ぼくの体験した例でもっともすごかったのはロシアのニジニ・ノヴゴロドという古い街の古いホテルだった。その街は寺院がいっぱいあるので有名だ。日本でいえば奈良のようなところと思ってほしい。

冬のロシアは夜になると簡単にマイナス三〇度ぐらいになる。そういう日々を旅していると心身ともに疲れてくる。極寒が体力を奪うのだ。しかも真冬のロシアは午前一一時頃にぼんやりした太陽が遠くの空の下のほうになんとか上昇し、横に転がるようにして午後三時には力つきたように沈んでいく。

とにかく四方八方、陰気な世界なのだ。ぼくは夜九時ぐらいにそのホテルに到着した。もうホテルの中のレストランはあいていない。そういう時のために常にロシア製の固くてまずいパンとどこかしらで仕入れた冷たいソーセージみたいなのを非常食として持っている。それとウオトカに水。

日本では「ウオッカ」と呼ぶが、ロシア中を三カ月ほど移動したがどこも「ウオトカ」と発音するのを知った。水はどこもまずい。とてつもなくまずい。ロシアの冬は暖房がないと死活問題だが、その暖房の多くは発電所が温めたお湯が家々に太いパイプで回ってくるという方式だ。その冷めたものを飲用とするのだが、たぶんその湯が流れてくる鉄のパイプは少なくとも三〇年以上洗っていない筈《はず》だ。配管パイプの中で錆《さび》とか黴《かび》なんかがいっぱい「味つけ」している湯冷ましだからうまいわけはないのだ。

まだボトル入りのミネラルウォーターなどない時代の話である。くたびれた体で、それらを胃に流しこむ。素早く寝るためにウオトカをぐいぐい飲む。手軽なビールなどはめったに手に入らない。あっても「馬ションビール」とよばれ、馬の小便よりまずいという。ぼくはまだ馬の小便をのんだことがないので正確に比較できないが、見たかんじたしかにコレなら馬のほうが……と思わせるシロモノなのだ。だからロシア人はビールをあまり飲まない。やはりみんなウオトカなのだ。

当時のロシアの旅はまだアメリカとの冷戦状態にあった頃だから、異国からきて旅する者には見張り役兼案内役としてKGBが必ずついた。彼はぼくとは別の階に泊まった。「ホテルにはウオトカでめちゃくちゃに酔ったロシア人がたくさんいるから、誰かノックしても絶対部屋の中に入れてはいけない」と厳命されていた。もし手に負えないときは必ず自分に連絡してくれ。そうでないと命は保証しない、ということを本気の目で言っていた。

ぼくを叩き起こしたすさまじい怪音

非常食に近い固い黒パンを水で薄めたウオトカで流し込むようにしてとにかく一時的に空腹をおさめた。冬のシベリアを旅しているあいだ、ロシア人のウオトカの飲み方の定番はウオトカをカパッと口の中に放り込み、続いてすぐトマトを齧《かじ》る、ということを知った。

極寒のシベリアになぜトマトがあるのか不思議だったが、モロッコから酢漬を輸入していてこれが売り出されるときに沢山買っておくらしい。その夜はぼくもつくづくトマトが欲しかった。なんだか全身が疲れているのを感じていたからだろう。長い時間極寒を旅しているとそれだけで体の芯が疲れるのだ。

その疲労感とウオトカの無茶飲みもあってか、やがてぼくはすんなり寝てしまった。旅も長くなると、暖かい部屋で眠っているのが何よりもシアワセである。

その〝幸福〟が夜更けにいきなり破られた。すさまじい騒音に叩《たた》き起こされたのだった。最初は何がなんだかわからなかったが、どうも近くで工事が始まった、というふうに思った。でも次第にどうしてこんな真夜中に？　と思った。すさまじい音の連続に強引に叩き起こされ時間がたつにつれて近くも近く、工事は隣の部屋で始まっているらしいと知った。

何かドリルのようなもので壁にギリギリ穴をあけているような音がする。ハンマーでがしんがしんと壁を叩きつけるような音。何かが投げられ、それが壁に飛んできたような音。

覚醒してくるにつれて、それは「工事」というようなそこそこ秩序だったものではなく、酔っぱらった大勢の男たちが部屋の中でいろんなものを放り投げ、叩きつけ、乱痴気騒ぎをしているらしい、と見当がついてきた。

少なくみても六〜七人がそうやってめちゃくちゃに暴れ回っているようだ。

ムカムカしながら時計を見ると午前二時すぎだった。この国でもその時間は「うしみつどき」である。ぼくはもうすっかり起きてしまった。そのけたたましい騒ぎに気がついて起きてから一五分ぐらいたっている。あいかわらず壁に何か打ちつける音が続いている。

隣の部屋の連中に文句を言いにいこうかと思ったが昨夜《ゆうべ》、ＫＧＢに言われたことを思いだした。もう寝ているだろうが、彼にここにきてもらいこの騒音を聞かせたかった。よし、と思い、彼の部屋に電話をしようかと思ったが、よく考えると昨夜あまりにも疲れてこのホテルに入ってきたので、いつもならやる相互の部屋番号のメモをとっておかなかったことに気がついた。

我慢するしかないようだった。そう思っている間にもガンガンガンと壁をハンマーで叩きつけるような音が続いている。ぼくは自分用のアイスアックス（氷斧《ひょうふ》）をもっているのを思いだし、腹立ちまぎれにこっちから隣の部屋にむかってその斧《おの》を叩きつけた。コンクリート製のロシアのホテルの壁はすこぶる頑丈で、斧で叩いても叩き傷ができるくらいだ。

かまうものかと五〜六発叩き返した。するとそれが刺激になったのかやつらの攻撃がさらにすごいことになった。あきらかにウオトカで狂った連中だ。KGBが絶対一人で抗議になど行かないでくれ、と厳しい顔で言っていた意味がわかった。ぼくはいろんなことを諦め、またもやウオトカを飲んで、こっちはこっちで酔っていくことにした。深夜のウオトカは喉や胃にきついだけで、苛立《いらだ》ちと怒りも加わり、なかなか酔うところまでいかない。

大騒音の隣室が……

真夜中の隣の部屋の狂ったような乱痴気騒ぎに苛つきながら、どうにも仕方なくまたウオトカを飲んであまり身の入らない読書などしているうちに、さすがにやつら（何人いるのかわからなかったが）も疲れてきたらしく、次第に壁に椅子など投げるような音は間遠になっていき、こっちのほうもぐいぐい飲んでいたウオトカの酔いがようやく回ってきて、やがて力尽きて寝てしまったようだ。

非常な不快感と寝不足の苛立ちと、怒りとあきらかな二日酔いの三～四重苦をともなった辛《つら》い朝を迎えた。朝といっても日照時間は四時間と少ししかないから窓の外はまだ夜の闇で、時計だけが冷酷に「朝」になっていることを告げているのだった。

その日も朝食を約束の八時に食べて九時には次の街に出発しなければならない。昨夜のことを案内人兼見張りのKGBのロシア人に話し、時間に余裕があればホテル側と、隣の部屋の連中になんらかの抗議をしなければこのいまいましさは後をひきそうだ。

食堂に出るついでにどんな破廉恥《はれんち》野郎どもが隣の部屋に泊まっていたのか確かめるために部屋番号を見にいった。

ところが、そのときぼくは一瞬、自分の頭がずっと続いている極低温のために「おかしく」なってしまったのか！　と思った。

隣の部屋はなかったのである。

そこはレンガとコンクリートによる幅二メートルぐらいの陰気な下り階段があるだけ

だった。昨夜疲れて遅くに部屋に入ったのでそれに気がつかなかったのだ。昨夜のあの大騒ぎが起こっていたのが、こんな狭い、しかも急な階段で、記憶の感触では少なくとも六〜七人が机や椅子を壁に何度も投げつけていた場所とはとうてい思えない。ではあれはウオトカにやられたぼくの単純な悪夢だったのだろうか。

夢にしてはあまりにもリアルすぎた。そして時間的にも長すぎた。悪夢を一時間以上も見ている、なんてことはとても考えられない。ぼくはゆうべ絶対に隣のやつらの攻撃を受け、ときにこちらから警告の意もこめて報復のための斧の壁叩きまでやっていた。あれも夢なんてことがあるだろうか。ぼくは急いでまた自室に戻り、ベッドのそばのコンクリートの壁を見にいった。そこにはあきらかにぼくが昨夜アイスアックスで叩いてへこんだコンクリートの傷がいくつもあった。

存在しない隣室のおきてもいない騒ぎに激怒して、一人で真夜中にアイスアックスで壁を叩きまくっていた、としたらあまりにも自分が異常すぎる。

食堂にいくともうKGBのロシア人が来ていた。ぼくは相変わらず味の薄いソーク（果汁）と粉っぽいコーヒーとパンをもらって彼のテーブルの前に座った。そしてすぐに昨夜のその一件を話した。ありのまま話した。

ロマノフというその男はもともと陰気な奴《やつ》だったが、黙ってパンを食いながらぼくの話を聞いていた。ひととおり話を聞くと、いきなり「それはラッキーだったね」というようなことを言った。

「典型的なポルターガイストさ。この街はそれが出るので有名で、それを体験したくてあちこちの過去に出てきたという噂《うわさ》のあるホテルを探している連中がけっこういるくらいだ。君は、それを一晩で体験したんだよ」

彼の言っていることを理解するのに少し時間がかかった。

見た人は必ず死ぬというアイラ島の古城

ポルターガイストのポルターはドイツ語で「騒がしい」、ガイストは「霊」である。つまり「騒霊」。

翌朝、別のロシア人から「遭遇できておめでとう」などと言われたが、どうもピンとこなかった。霊というのがあんなに存在感があるのか、ということに驚くほうが気分的には大きく、恐ろしい、という感覚はあまりなかった。もっともそういうものがこの古都の名物みたいになっている、ということをあらかじめ知っていたら、壁一枚むこうから聞こえる机や椅子が何度も飛んでくるような凄《すさ》まじい騒音の一時間ぐらいの間、部屋のなかでじっと耐えていられただろうか、という不安は残った。何よりもあのときドアから出て隣の部屋（実際には階段しかなかったが）を見に行かなくてよかった、という安堵《あんど》が大きかった。

専門書を読むと、ポルターガイストは世界中でいろんな形になって現れているようで、心霊的なもの、とか超心理的なもの、念力、地球地軸の磁気にかかわるもの、など諸説ある。けれどそれらいくつかの事例を調べているうちにとくに目を見張ったのは、スコットランドのエジンバラのポルターガイストが一九九〇年から最近まで数百回におよぶ異常現象を起こしている、という記述だった。エジンバラに行ったことがあるが石ばかりの都で、ここはむかしから数々の異常現象が起きる、と言われている。

スコットランドはイングランドやウェールズなどから見ると日本の「東北」のような位置感覚にあり、なにかと歴史にからむ「怪しい出来事」が多いらしい。そのエジンバラからハイランド地方に出て、船でヘブリディズ諸島に行った。

真珠のつらなりのように美しい群島と言われているところで、ぼくはそのうちのひとつアイラ島に行った。ここは太古に海から隆起した島であり、土壌には長いこと海水に浸った海草ミネラルなどの特殊養分が豊富で、これがウイスキーづくりに適していると言われている。ウイスキー好きには垂涎《すいぜん》の「シングルモルト」の蒸留所がいくつもあるところだ。しかしこの島の歴史には「バイキング」の来襲によるむごたらしい惨殺の暗い影がいろいろあり、そのためかいわくのある修道院跡などに行くと、ちょっと空気が凍ったような感覚を得ることがある。

いくつもの北ヨーロッパならではのむごたらしい闘争の歴史なども関係しているのだろう。島の人に教えられた森の中のルートを行くと打ち捨てられ荒れ果てた古城などに遭遇する。ヨーロッパの森は深く重い湿気があり、日本の山の中などで感じる植物の生命力よりも、過去からの暗い負荷、のようなものが濃厚に漂っている。

もう半ば朽ちたような深い森の中にある小さな城を通過したとき、そこには必ず幽霊が出る、と島の人に教えられた。五階建てぐらいの小さな城で、城主が死んだときその妃《きさき》が二一日間、城主の死体のそばにいれば蘇生《そせい》する、という、まあ当時のシャーマンのような人のご神託があり、言われたようにしたがついに城主が蘇《よみがえ》ることはなかった。その妃もやがて死ぬが、夜にその城に入っていくと必ず妃の幽霊が出てくる、と説明された。「必ず出る」というところが凄《すご》かった。さらにその幽霊を見た人は必ず死ぬ、というのである。またしても「必ず」なのだ。このときぼくのカメラ（ライカM6）のシャッターが切れなかった。あとで直っていたが、撮れなくてよかったような気もしている。

無人ベッドの上に謎のヘコミが!!

アイラ島には取材のために行ったのだが、カメラマンとは島のホテルで待ち合わせした。彼はぼくの顔を見ると異常なほど多弁になった。

彼は一日先行して島に入ったので、あちこちでいろんな話を聞いていたようだ。そのなかには、旅人を面白がらせるためか、いろいろ「怪しい」話もあり、それはそれで面白く聞いていたようだ。その中に「場所によっては出る」という内容のものがけっこうあったらしい。

彼は前日の怪しい体験について語った。その話はナマナマしく、我々がいるホテルの昨夜のことであったらしい。本館のほかにコンドミニアムスタイルのコテージがあり、彼の部屋はその一三号棟だった。

ぼくと彼はあちこち同行取材しており、気心知れているので、その性格はよくわかっていた。素直な大食漢で、気のいい奴として知られていた。ぼくはその当時から不眠症気味でそれが悩みのひとつだったが、彼は見ているとアタマにくるほど赤ちゃんみたいにベッドに横たわるとコテンと寝入ってしまう。

彼のこれまでの人生で、夜中にいきなり起きる、などということもないようだった。その彼が前夜、一人で泊まっているとき夜更けに息苦しくて、うなされるように目をさましてしまったという。天井のほの暗い常夜灯のようなもので部屋全体が見えるが、自分の体がよく動かない。胸が圧迫されるようなかんじでどんどん息苦しくなる。

ツインの部屋で隣にベッドがあるのだが、一人で借りていたのでそのベッドはシーツしか敷いていない。体が重くあまり動かないのだが首は動くのでなんとなくその無人のシーツだけのベッドを見ていたら目が離せなくなってしまったらしい。

なんとその一部がゆっくり沈んでいくのが見えたのだという。ひとりでにシーツの「ある部分」だけがゆっくり沈んでいくのだ。やがてそれは「ある部分」だけではなく、ベッド全体に連動したものであることに気がついてきた。しだいにそれはヘコミだけである明確な形になっているのがわかってきた。

はっきり人間があおむけに寝ている形になってきているのだ――という。

意味がわかってきてさすがののんびりやの彼も全身に恐怖が走った。そのときもまだ軽いカナシバリ状態になっていたのだが、恐怖は強引に体を起こさせ、その「へこんでいくものの形」をもっとはっきり見極められるような体勢をとった。その段階になると意識もはっきりしてきて体も動くようになって枕元の読書灯のスイッチをつけることができた。

ベッドのヘコミはもうなくなっていたが、動悸《どうき》がすごい。ふだんののんびりしている奴だけに、今までそんな異様な気分になったことはなく、しばらく呆然《ぼうぜん》としていたらしい。

それからキッチンに行き、「塩」と「トウガラシ」と「ニンニク」の瓶をみつけそれらを一緒にして小さなビニール袋にいれてベッドの枕元にぶらさげたそうだ。彼なりの「魔除《まよ》け」のつもりである。ドラキュラじゃないと思うのだがニンニクが効いたのだろうか。やがて普通に眠れたらしいが、翌朝あらためて自分の部屋が一三号棟であるのを確かめた。

翌年ぼくとそいつの共通の友人がアイラ島に行ったので同じホテルの一三号棟にぜひ泊まって証拠の写真を撮ってきてくれと頼んだ。だが彼が行ったときはもうそのコテージの一三号棟は「嘘《うそ》」のようになくなっていたようだ。

夜中に一人で小便をしていると……

この世界、科学では解明できない「おかしなもの」「おかしな現象」は確実にある、というのが旅の多いわが人生の結論だが、それを敏感に受け止められるかどうかで、話はちがってくるような気がする。要は「そういうもの」の「送り手」と「受け手」の感性、もしくは負のインターフェースのようなものが関係しているのではないだろうか。

ぼくはよくいう「霊感」のようなものはあまりないのだが、ときおり説明のつかない状況に見舞われるのは「おかしなもの」の力が強大で、こちらの精神が弱っているときなどではないか、と思うのだ。そうして「おかしなもの」というのはその土地、その場所に定着していて、あるいは縛られていて、勝手に動き回るようなことはしない。簡単にいえばそういう「おかしなもの」が支配している一定のエリアに知らずに入りこんでしまった者が、とくにそのときわだって「心＝精神」が弱っていると強引に攻め込まれ、何か強烈な恐怖を伴う「おかしなもの」にまとわりつかれてしまうような気がする。

ひところぼくは島に凝っていて、国内外、いろんな島を旅した。島でもとくに好きなのは無人島で、今思えばずいぶん無鉄砲な旅をしていた。無人島の場合テントを持っていくが、一晩の過ごし方はいろいろだ。無人島は大きくわけて二種類あり、まったくむかしからの無人島。もうひとつはむかしは人が住み、そこそこの村があったがやはり島生活は不便なのでやがて全員離島し、結果的に打ち捨てられて無人島になった——という二種類だ。

まだ若く、それ故に怖さをあまり知らなかったその頃のぼくは、単純な好奇心で、むかし人が住んでいた無人島とわかると、そのかつての集落を探しに行ったりした。むかしの島民はどんな暮らしをしていたのだろうか、その片鱗《へんりん》を探しに行く興味本位のものだ。

遺棄されてそうとう時間がたつと家々はおしつぶされ草木に覆われている。ヘビや毒虫などがすみついていたりするのでいきなり入っていくことはまずないが、放棄されて比較的あたらしい島には古屋だがちゃんと住める程度の家などが残っていたりする。

雨模様のときなどたった一晩のためにテントを張るのも面倒なので、その家に入って寝ることがある。一人ではなく二〜三人のことが多いので寝る前に酒盛りをして寝袋に入るからまあ楽しい一夜だ。しかし真夜中にフと起きることがある。酔って寝たから喉が渇いていたり、小便がしたかったり――。ヘッドランプをつけて、まだ寝ぼけたアタマと動作で部屋の外に出る。

いろんな生き物が、主に夜になって活動している。ネズミが一番多い。イタチのような大きくてすばしこい動物がヘッドランプに目だけギランと光らせて逃げていくのを見たりする。気味の悪い鳥の鳴き声もする。動物たちも雨を避けて廃屋にすみついているのかもしれない。

近いところで小便をしてしまうが、動物でも人間でも排泄《はいせつ》をしているときが一番不用心な体勢だ。そんなときにいきなり後ろからポンと肩など叩かれたりしたら嫌だなあ、などと思うといきなり恐怖心がはしり、ついふりかえってしまう。寝袋に戻り、仲間たちが寝息をたてているのを見てやっと安心したりする。戻ったら部屋に仲間たちが誰もいなくなっていたりしたら嫌だろうなあ……などとチラリと思いつつ。

帰りの道を間違っていねーか

島にひとかたならぬ興味を持って、一〇年ほど国内外の島旅を続けていた頃、国内のある無人島（むかし人が住んでいた）でキャンプした。小さな島だったがすっかりタンケン隊の気分になって歩ける山道をどんどん行った。けものみちみたいに注意して行かないと草木によってほとんど消えつつある道だった。

小さな谷にきたときそこが古い墓場であったことを知った。島の墓場にしてはめずらしい陽《ひ》の当たらない陰気な谷間であり、注意してみないとそこが墓場であったことに気がつかないいくらいひっそり無残に朽ち果てていた。島の墓場の立地には二通りあって、陽当たりのいい海を望む斜面に作られているところが多いが、小さくて島全体の地形が悪いところでは死んだ人よりも生きている人のほうを大事にしないと子孫の死期が早まる、などという孤島信仰があって、村人の墓の立地は山の奥になるというケースがある。

本を読んでそんなことの知識があったぼくは、初めて目《ま》のあたりにし「ああ、こういうところがそうなのか」と、殆《ほとん》ど死体捨て場のような暗い谷間のそんな場所を見ていた。

無人島のヒマ時間は非常にながい。そこでその先にある標高せいぜい一五〇メートルぐらいのちょっとした山の、いくらか見晴らしのいいところまで行って島全体の風景を眺め、水筒のお茶を飲んで持ってきた雑な手製弁当を食った。

それから太陽に光る海の写真を撮ったりしたが結局は退屈なので、早めに「ゆうまずめ」（夕方の魚が釣れる時間帯）に間に合うよう山道を下ったのだった。

ところが、わかりきっているものと思っていた帰りのルートがいやに複雑な道になっている。

あれ、こんなところに分岐する道があったかなあ、などというやつである。多く見積もっても一時間もあればキャンプ地に着くだろうと思っていたのだが、だんだん夕日になっていくのが気になる。

一人が「おれたち、どこかで帰りの道を間違っていねーか」と言いはじめた。

じつはぼくもそういうコトを考えはじめていたので、その意見に賛成した。男三人揃《そろ》ってまだ明るい午後にタヌキやキツネにバカされるということはまずないだろう。

「間違えるといっても来たときの道はまったくの一本道だったよ」もう一人が言った。たしかにその小さな山の上にくるルートは単純な一本道だったという記憶があった。

観光客などがまるでこない打ち捨てられた無人島である。もとより地図などなかった。山も低いし、山ふところも単純なように思えた。だから三人は何の心配もしていなかったのだ。

けれど普通の街の平地でもそうだが、行きと帰りでは風景がまったく違うように見えることがよくある。時間が経過し、太陽の光が差し込む角度だけでもずいぶん違って見えることがある。まして山の場合は周囲がみんな同じようで、無人島であるからみちしるべなどというものもない。

どこかまったく気がつかないありふれたところに分岐点があり、それを間違えてしまったのじゃないか、という結論になった。だんだん三人とも無口になり、とりあえず今度は落ちついて注意深くさっき行った山道までのぼりかえしてみよう、ということになった。

三人とも無口になっていった

気持ちの底のどこかが焦ってきているから、たとえ低山といえども、さっき登っていったときと比べると体が重い。太陽はどんどん落ちてきているので、そのため山の斜面にかかる陽光が草木に長い影をつくってきているからだろう。ついさっき登ったばかりの道とはぜんぜん違うところのように見える。いつしか三人でそのコトを言いあうようになった。

「登り道がさっきと違うんじゃねーか」

「おれもそう思っていたけれど、でも間違えようのない一本道の筈なんだよ」

「さっき下るときにおれたちの知らない横道に迷いこんで、そこを戻り直したらまた別の登り道に迷ってきてしまっている、ということはないか？」

「こんな小さな山にそんなにいくつも枝道がパズルみたいにあるとは思えないけどな」

三人で立ち止まってしばらくそんな話をした。秋の日はつるべおとしというが山の谷間などはとくに暗くなるのが早い。

「誰かヘッドランプ持ってきたか？」

一人が聞いた。山のてっぺんでひるめしを食いにきたような気分だったからだれもそんな用心深い者はいなかった。

「ここで迷っていると、やがて確実に闇になっていくな。そうなったらめんどうだからさっきとは違うルートとしても、とにかく下っていけばどこか麓に出るだろうよ。いまはとっとと下に降りてしまったほうがいい」

三人のなかで一番山登りの経験のある一人が言った。今はそれについてああだこうだ議論している余裕はないようだということに他の二人も気がつき、記憶にあるかないかは関係なくとにかくそこにある道を下っていくことにした。

下り、ということもあるのだろう。誰からともなく速い足どりになっていた。山の中から広い視界のひろがるキャンプ地のある海岸に早く帰りついて、テントに持ってきてあるクーラーボックスの中の冷たいビールなど飲みたい。すぐに夕食の支度もしなければならない。そのための流木集めもまだだった。

山の夕暮れと競走をするようにどんどん降りていった。ときおりあたりの風景を眺める。やはり見覚えがあるとは思えなかったが、とにかく「下っている」のはたしかだから、この島の山がちょっとした連山になっていて、鞍部《あんぶ》（山と山のあいだの窪《くぼ》み）にさまよい降りているのだとしたらまた次の山のピークを目指して登らねばならなくなる。冬山だったりもっと大きく深い山だったら完全に遭難するケースだ。迷いに焦りが加わり、精神と体が負のスパイラルに巻き込まれていくのが怖い。ぼくは遠くからでも波の音が聞こえないかと、ことさらそれに神経を集中した。

しかし秋の夕暮れの山の中は巣に急いでいるのかいろんな鳥の鳴き声がやかましいくらいだ。それと足元から湧き上がるような夥《おびただ》しい虫の鳴き声。それらによって夕暮れの山はけっこう賑《にぎ》やかだ。それらの音のむこうに波の音が聞こえないか、ずっとそればかり考えていたが、ぼくたちはなんだかさらに山ふところ深く入り込んできてしまっているような気がしてならなかった。

三人ともさらに無口になっていったが、一人が「いまおれの足のすぐそばをしゅるしゆるっていう音がしてむこうに消えていったけどあれは蛇の音じゃないかな」などと言った。十分ありうることだった。

「あかりだ。あかりが動いている」

たいした山ではないのでとにかく下に降りる道を探そう、と焦っているうちに左右どっちも上にむかう道で迷ってしまった。一人が太陽の沈んでいくのと反対側がキャンプ地だ、と言ったがそっちに行く道はない。

鞍部のどちらかのピークに登ってそこから降りるルートを探そう、ということになった。みんな顔つきにまだ余裕があるが、夜になると正しい帰り道を探すのが相当難しいのではないかという目下の状況はよくわかっていた。

太陽の沈む西方向にある小さなピークに登るとそこから東方向へ信じがたいほど深い木々が続いていた。こんな小さな島に似合わないいくらいのボリュウムである。「こっちじゃない」。すぐに反対側に行こう、ということになった。太陽の沈む側だから感覚的には逆なのだが今はそっちに行くしかなかった。

けれどそれはなんとか正解だったのだ。山の道は途中でいろいろ曲がっている。登っていくときにいくつもあった曲がりルートに案外気がつかなかっただけなのだ。

気は楽になったが、木立の中に入るとどんどん闇が増してくる。闇に目が慣れているからまだ道筋はわかったが、いきなりやってきたら人の入らないむかしの道などまるで見えないだろう。

「よおく道を見きわめていこう。横にズレないように」そのままでいったら間もなく、四つん這《ば》いになってでも少しでも草のすくないむかしは道だったところを手さぐりで探して行くしかないように思えた。

そのとき、先頭を行く一人が「ああ、あれを見ろ！」と言った。「あかりだ。あかり。動いている」それはたしかに遠い先の、もう夜になっている闇にぼおっと光っている。でも「あれか」と思ったときにはもう消えていた。

「なんだいまの？」

「ホタルか」

「あんな遠くであんなに大きく光るホタルなんてあるか？」

みんないろんなことを言った。

もしかすると、その方向のずっと先に灯台があって、それが見えたのかもしれない、と一人が言いだした。灯台なら待っていればまた見える筈だ。しかしさっき見た方向にはもうそのぼおっとした光は現れなかった。

ぼくたちはひとかたまりになるようにして進んだ。道らしきところを探りながらだ。また一人が「あっ」と叫んだ。ぼくもその意味がわかった。またぼんやりした光がさっきとすこし違う方向で見えたのだ。

「灯台じゃない。でもなんかおれたちを誘っているみたいに見える」

最初に見た奴が言った。二回目だから何か確信を持ったようだった。

今度はぼくがぼおっと光るものを見た。それはホタルとは絶対ちがっていた。第一、今はホタルのとびかう季節ではない。それはあまりにもぼんやりしすぎていて火とは絶対違うなにかよくわからない種類のものだった。

よく考えると、そのぼんやり光るものが出てくるのは昼間見た山の谷の打ち捨てられた昔の墓場のあたりのようだった。それをぼくたちが見ているのだ、と思うようになった。ゆっくりゆっくり降りていったぼくたちの前がやがて薄ぼんやり明るくなり、海岸がひらけるところまで降りてきたのを知った。

贅沢な温泉キャンプができる!?

島にはたとえ鳥でもなかなか自由に渡れないところがあるように、人間の「思念」のようなものもそこに閉じ込められている、ということは実際あるような気がする。

離れ島の怪しい気配の体験を続けて書いているが、今回はトカラ列島方面だ。鹿児島県の行政区に入るここは一〇以上の島が奄美《あまみ》諸島にむかって並んでいる。海の荒れているときが多く、なかなか行けない島々が多いが、トカラの北方に上三島《かみみしま》と呼ばれる竹島《たけしま》、黒島《くろしま》、硫黄島《いおうじま》がある。その名のとおり竹島は全島竹に覆われている。島の中にいるとなにか巨大な竹の怪物の背にいるような気になるし、シケのときの荒れ狂う風に竹がそれぞれこすれあって全島がたてる音は慣れないうちは気がおかしくなるほどだ。

黒島は全島黒い土に覆われ、硫黄島はまだ噴煙をあげる火山があり、港に着いたときから帰るときまで硫黄の臭いに包まれる。それぞれ島の名前に素直なわかりやすい有人島なのだ。

その硫黄島は俊寛《しゅんかん》が流刑されたとされる島として有名だ。岸に自分をおきざりにして去っていく舟にむかい、俊寛が片手を差し上げてなおも「つれていってくれえ……」と叫んでいるのが聞こえるようななまなましい像がある。

ぼくが行ったのは一九九七年。人口は一四〇人だった。港に入ったときから誰しも驚くのは港の海の水が青と茶色にはっきりわかれていることである。硫黄火山から常に流れてくる硫黄が海の色をそのようにくっきり区分しているのだ。これは時間も季節も関係なくずっとそうなっているという。いよいよなにか「いわく」ありげな島にやってきたぞ、と理由のはっきりしない緊張感を誰しも抱く風景だ。

さらにこの島の「あやしい」ところは、島に入ってすぐにわかるのだが、そこらに孔《く》雀《じゃく》がたくさんいることである。野生の孔雀で、つまりは「野良孔雀」。これが小学校の校庭などでうっとりと美しい飾り羽をひろげていたりする。

村の中心地というのはなく、家と家のあいだには熱帯ふうの樹木などがいろいろあるのだがそこにもあちこち孔雀がいる。

ときおり脅かされるのはほんの二〇メートルぐらい頭の上を三〜四羽の孔雀が並んで飛んできたりするのである。編隊飛行というかむしろ変態飛行といったほうがいいかもしれない。

民宿が一軒と、いわゆる「よろず屋」のような小さな店が一軒。たいしたものは売っていない。我々は三人だった。東京からこの島にキャンプするためにやってきたのである。

いろいろ怪しい島だが、硫黄まじりの煙を常に噴き上げている溶岩だらけの荒っぽい海岸に硫黄温泉がわき出ているのと流れてくる海水が一体化して、あちこちにいろんな湯かげんの自然の露天風呂があり、ポリタンクに入れた飲み水と食料だけ持っていけばまことに贅沢《ぜいたく》な温泉キャンプができる、と聞いていたからだった。

おいしい鳥は絶滅してしまうんです

タクシーとかレンタカーなどというシャレたものは一切ないので、キャンプ用に二〜三日ぶんの食料を買ったよろず屋に頼んで軽トラの荷台に乗せてもらい、予定の露天温泉つきキャンプ場まで行った。その途中でもいたるところで孔雀を見る。ガサヤブのなかからいきなり出てくるともともと大きな鳥だけに、夜などに遭遇するとちょっとオノノキそうだ。もちろん人間のほうがである。

あまりヒトが行き来しない道のようで、ときおり枯れた竹などが斜めになって走るクルマを「とおせんぼ」していたりする。

そのたびに店の親父《おやじ》はクルマを降りて竹をかたづける。数日前にちょっとした低気圧が通過したらしい。

「しかしなんでこんなに孔雀がいるんですか?」

さっきから一番知りたかったことを聞いた。

真相は単純なことだった。二〇年ぐらい前に、ある観光資本がこの島に大きなリゾートホテルを建設した。しかし野趣満点の自然温泉だけではなくここをある種の野鳥の王国にしてさらに魅力的なところにしよう、と考えたらしい。先乗りした調査員が孔雀とホロホロ鳥をそれぞれ二五つがい持ってきた。そうやってホテルオープンまでに沢山繁殖させておこうという作戦である。

けれどなんらかの理由でそのホテルは営業を中止した。そういうコトとは関係なしに孔雀やホロホロ鳥はどんどん野生化し、繁殖していった。天敵のいない生物の繁殖力というのはものすごいのだ。

ところで親父の話を聞いて気になったことがある。孔雀は本当にたくさん見るのだがホロホロ鳥のほうはまったく目にしていない。

そのことを質問すると親父は少し笑ったようだった。

「おいしい鳥はこういう島では絶滅してしまうんですよ」

うーむ。理由は簡単明瞭だった。

逆にいうと孔雀はでかいくせにきっとまずいのだ。そうしてこの島はいつのまにか他の野生生物を駆逐した孔雀の王国になっていったらしい。

到着したところは、別にキャンプ場というわけではなく、いくつものいろんな恰好《かっこう》をした岩が広がった岩場海岸のようなところだった。ずっとむかし溶岩が流れたようなところはすぐにわかる。全体がゆるやかな斜面になっていたが、場所によっては一人ぶんぐらいのテントを張れるタイラなところもある。

三人それぞれそんな場所を探してテントを張った。それからまずはともかく、という気分で露天温泉に入った。ぼくのテントからは歩いて一五歩ぐらいのところに第一の温泉がある。村の人が加工補修したらしく直径四メートルぐらいの円形岩風呂ふうになっていた。そこから五メートルぐらい離れたところにその半分ぐらいの第二の岩風呂があり、そこは第一の風呂より少し熱い。

泉源の上に風呂があるらしく、どうにもこんなに贅沢なしつらえはない。さらに探せば溶岩が流れてきたと思われるいろんな岩の折り重なったところにちょうど一人が横になって入れるくらいの西洋バスタブ風の、ちょうどいい湯かげんの「一人用」といえるようなのもある。ただしそこは屋根状に岩がおりかさなり、そのうちのひとつでも落ちてきたら温泉死（？）確実、という状態になっていた。

湖のように平らになった海を見て「ゾクッ」

こういう島キャンプはできるだけ荷物を軽くするためにかさばる食器関係はとくに少なくしていく。コメを炊く鍋と汁ものを作る鍋は大きいものに小さいのがスポッと入るものにし、食器は軽い金属製のもの各自二つずつ。しゃもじとオタマがあればそれでたいていのものは作れる。食材は肉系と野菜系を用意して、あとは調味料で変化をつける。

めしの前に酒をのみ、肴《さかな》はごった煮鍋で、これがそのままゴハンのおかずになる。

そのときもいつもと同じようにした。歩いて一分のところにある温泉に入ってからだから基本的に「ぜいたく」なもんである。

昼は「じあい」（釣れる時間帯）を見て釣りをする。釣り人などめったにこないところだから磯《いそ》からけっこうカタのいいメジナ系の魚が何匹も釣れた。それはその夜の刺し身や鍋の材料になる。午後はヒルネだ。島の磯キャンプはこの自由さがたまらない。

そのようにして過ごした最後の夜、ぼくは夜更けにいきなり目をさました。いつも寝るときに磯にうちつける波の音が「ぜいたく」なもので、この単調な繰り返しがどうしようもない眠気を誘い、酒の酔いも手伝ってここちよく寝てしまい朝まで一直線なのだ。その頃はまだ知らなかったが、太陽光線をずっと浴びていると、体内にメラトニンという睡眠誘発成分をうみ、都会のベッドの上などの眠りよりも深く寝入ることができるのだ。そういうコトはそのあと一〇年ぐらいして不眠症になってしまってから知ったことなのだが、話は当時のその夜のコトに戻る。

予期もしないいきなりの覚醒にやや戸惑ってしまった。夜中に小便をしたくなって起きることはあるが、たいてい朦朧《もうろう》状態で、朦朧と小便し、テントに戻るとそのままここちのいい眠りに戻ってしまう。

けれどその夜は、いきなりかっきり目が醒《さ》めてしまったのだ。そんなことは初めてだった。寝袋から半身を起こし「こりゃなんだ？」と思った。

それまでの二日間の夜となにか違う、ということに気がついた。なにが違うかはすぐにわかった。海の音が聞こえないのだ。正確には磯にたえまなくうちつける波の音だ。それがまるっきり消えてしまっていたのだった。

テントから出て海を眺めた。完全な凪《なぎ》になっていた。波はなく、海は湖のように平らになって光っているように見えた。ふいに「ゾクッ」とした。なんだかわからないが、海もその上の空も全体が白っぽくなっているような気がした。自分のテントのまわりの斜めになった溶岩の海岸も同じように白くなっているようだった。ぼくは仲間のテントを眺めた。なにか異変はおきていないか、と急に不安になったのだ。そうして、ぼくは背後の斜面のいちばん高いあたりにヒトが立っているのを見た。なんだかそれを見てはいけないような猛烈な忌避の感覚に襲われ、ぼくは非常にリアルな悪夢を見ているような気分の悪さを感じ、またテントの中にもどってしまった。動悸が激しくなっていた。今見た光景をもう一度確かめてみたいという気持ちにはならなかった。理由も何もわからないが、とにかく「見てはいけないものだ」ということだけはっきり認識していた。

話はこれだけのコトなのだ。単純な妄想、単純な「おじけ」であったかもしれないが、

「なにか見た！」ような感覚もまた確かなのだった。

島の人口よりも墓のほうが多い

島をめぐるなにやら怪しい話を思いだしては書いている。国内外ずいぶんいろんな島に行ったからなあ。傾向としてむかしヒトが住んでいてなにかの理由で全員離島し、無人島になってしまった島の場合、そこに先祖代々住んでいた人々のなにかの「思い」の残滓《ざんし》、思念のきれっぱしのようなものが漂い残っているような気がし、実際その方面の精神感応の強い人にはなにか感じることがあるようだ。

ぼくはあまりそのヘンの感度は鋭くなく、島のキャンプなども酒の酔いにまかせてテントに入るとウガーウガーと寝入ってしまうことが多く、いいんだかもったいないんだか判断に迷っている。

それでも島によってはときどきヘンな空気、異常な気配を感じることがあるのだが、そういう時はぼくの精神や心の「ハリ」が弱っているからだ、とそのテの話に詳しい人は解説してくれる。

テレビなどで「霊能者」などというあやしげな恰好をした人が「いわくありげな」場所をたずねて「ああ、いますね、ここにはウヨウヨいます」などとヘンテコな声で言って、怖がり役のタレントがわざとらしく大袈裟《おおげさ》にビビリまくる、なんていう「おなじみ」のやつを見るとなぜか反発する。「ウヨウヨいます」なんてオタマジャクシじゃないんだから、ちょっと表現に工夫が必要なんじゃないの。それからまたせっかくライトを装備したTVカメラが同行してるんだから、その「ウヨウヨ」の場所をライトで照らし鮮明に映していただきたい。でもたいていなんだかよくわからないうちにそのエピソードはどこかへ消えてしまうのだ。

今回、紹介するのは山口県の牛島《うしま》というところで、まあいたって小さな島。その頃は、四年がかりで日本のいろんな土着の「まつり」を取材していた。

どのまつりもその土地に古くから繰り返し行われている大切なまつりである。

室積《むろづみ》港から小さな連絡船に乗って、このまつりのために帰省したらしい五〇人ぐらいの老若男女と上船した。同じ船に中年の巫女《みこ》さんが乗っていた。

海のまつりなので、港には大漁旗で飾られた漁船が数隻係留されており、いい天気だったし、なかなか気持ちのいい日だった。

午前中は神社のなかで神事がおごそかに行われ、島の人々がうやうやしく参列している。ぼくもそれぞれのまつりの一部始終を撮影しているのでその中にもぐり込む。でもたいていこの神事のひととおりというのはおごそかなだけで、そのまつりの知識も付け焼き刃の我々にはあまり面白くない。

午後に神輿《みこし》が神社を出て、まずは島の主要なところをしずかにまわり（老人が多いのでワッショイワッショイなどという景気のいい担ぎかたはしなくなったという）わりあいすぐに休んでお茶や水だ。

島は年々人口減で、高齢化が激しい。

我々はその様子をくまなく写真に撮っていった。島にはあちこちに墓場がある。この島で生き、この島で亡くなった人の墓だけがとにかく増えるばかりなのだ。

たぶん今のこの島の人口よりも墓のほうが多いんだろうねえ。我々はそんな話をしながら山道を巡行してくるヨタヨタ神輿をいいポジションから撮るために墓場の中に入っていってそこに三脚をたて、海をバックにグラビア向けのカメラアングルを探して歩いた。

ぼくの寝床に現れた犬男の怪

まつりは一日のみで、夕方には終わる。室積港からやってきた本土の祭祀《さいし》関係者とともに我々取材チームも最終の連絡船で本土に戻った。我々の宿は港から五分ぐらい歩いたむかしの船宿のようなところだった。

この取材チームはみんな飲んべえなので、一日の取材を終えて、宿の風呂で汗を流し、近くの居酒屋にいってみんなで乾杯する、というのが共通した楽しみになっている。チームは五人いた。ちと多すぎるが賑やかなほうがいい、というフトッパラな編集部にみんなおごってもらった。

それから宿に戻り、たいてい飲みなおしを兼ねて、麻雀《マージャン》をやる。全員打てるし、毎月の定例にもなっているので、みんなさっさと麻雀卓を借りてきてそいつを広げる。和室を二間借りていたので、五人いるから疲れた奴が襖《ふすま》ひとつへだてた隣の部屋で休み、交代で打てる。

ぼくはだいたい先発で打つことが多かった。一番年上だし、カメラマンを兼ねているぼくが昼間一番動き回っている、ということもあるから一足先に布団にもぐり込む、というパターンになっていた。

その日、勝ったか負けたかよく覚えていないが、まあここちよくぼくは最初に隣室の布団の中にタオレタ。

疲労があるし、酒も入っているからたちまちぐっすり眠りに入れた。都会にいると不眠症気味のぼくは寝入るのにやや苦労するのだが、取材ではそういうデリケートなこともないからありがたい。

しかし、その日は夜中にいきなり何の前触れもなく目が醒めてしまった。隣の部屋ではまだ麻雀のタタカイの音がする。しかしぼくはなにか嫌な気配を感じていた。正確にわからないが大きな腐った魚が部屋の中にいるような感じだ。薄暗い常夜灯が部屋の隅にあり、ぼくは自分の布団の裾のほうに違和感をもっていた。なんだかわからない。

頭をあげて布団の裾のほうをなにげなく見た。最初は犬がいるのだ、と思った。犬が背中を弓なりにしてぼくの布団の裾のあたりの臭いをかいでいるように思えた。

でも目をこらすと、それは犬ではなく人間だった。しかもひどく小さい人間だった。犬ぐらいの大きさでハダカだった。

子供？　という感覚はなかった。人間の大人のハダカの男が四つん這いになってそこにいるのだ。弓なりの背中が妙ににぶい光を反射していた。ぼくは圧倒的な異常性を感じ、さしたる考えもなしに上半身を起こして「こらあ！」と言いながらそいつを殴りつけていた。でも少し距離が足りず、ぼくの寝ぼけパンチは空転した。でもそれによって同時に意識がさらにはっきりしていく。犬男はいなくなっている。でもいま何かがいたのは事実だ、という不思議な確信があった。同時にいきなり吐き気がした。のその立ち上がり、仲間たちが麻雀をやっている隣の部屋に行った。

「あれ？　どうしたんですか。目が真っ赤ですよ」仲間の一人が言った。ぼくは吐き気のほうが辛くて洗面所に行ったが何も吐けなかった。

あとでみんなで話しあった。妄想か、本当になにかいたのか。確証はないが、昼間かなりの時間、島の墓場の中を歩き回っていた。一番動いていたぼくがそのとき島の「なにか」を本土まで連れてきてしまったのではないか、という誰かの意見にぼくもうなずきたい気持ちだった。

「家鳴り」が激しい怖い空き家

盛岡《もりおか》に住んでいる友人の運転するクルマで遠野《とおの》のほうにむかっているときだった。山野をくねっていく道の途中に朽ち果てペシャリとつぶれた家があった。草や蔓《つる》で覆われ、よく注意して見ないと腐ったような家と山野が一体化していて、そこにむかし家があったとは思えないくらいだ。

その家が何であったのか知っている友人が言うにはむかしの旅館、つまりは旅籠《はたご》であったという。ずいぶんむかしに空き家になり、持ち主もはっきりしないまま荒れ放題になっているという。

あるとき地元の若者らが度胸だめしだ、といって何人かで泊まり込むことにしたが、夜中にもの凄い「家鳴《やな》り」がして、みんななんともいえない不快感におそわれ、我先に逃げ出してきたという。またあるときは昼間、そこに何がしか金目のものはないかと侵入した空き家荒らしがいたがやはり慌てて逃げ出してきたという。理由は外に蛇がいっぱいいてとても部屋の中まで入ることはできない、というコトだった。

こうした噂話を聞いて、地元のテレビ局が「お化け屋敷探検」といった企画をたて、チームを作って侵入をこころみたが、やはり家のまわりに蛇がたくさんいてスタッフはおじけづき、あっさり断念したという。

しかし何時《いつ》までもそのような朽ちた家を放置しておくわけにもいかないので、役所がそれなりの防備をして中にふみいり、解体するための検査をしたところ、床下から散乱した人間の骨と何も書いていない位牌《いはい》がたくさん出てきたのだという。骨はそうとう古いもので一人の体どころではない様子だった。

そこで解体はいったん中止し、郷土史家などに話をきくと、そこは明治の頃まで陰気な旅籠として営業をしていたが、誰からともなく「おいはぎ宿」と呼ばれるようになり、地元の人は近づかないようになっていたという。

そのようなことを知らない旅人は山の中の一軒家であるその旅籠の灯を目指して荷をほどき「やれやれ」の一夜を過ごすことがいくたびかあったのだろう。けれど何人かの旅人はその宿から出てくることはなかった。

小金を持っている旅人ということがわかると夜中に殺して金品をうばい、畳をあげて床下に埋めていたらしい、という噂がひろまった。そうしていつしか宿主は行方をくらまし、いわくつきの廃屋となっていったというのだ。

役所がいろんな手続きをとって解体しようとするときも、地元の解体業者はその仕事を断ることが多く、結局その土地からだいぶ離れた地域で営業している解体業者に依頼したらしい。

しかし、こういう話によくあるように、解体業者にけが人が出たり病気になる者が出たりで途中で辞退ということになり、また長いこと放置されたままであった。

ぼくが盛岡の友人とその山野に埋もれ、つぶれてひしゃげた廃屋を見たのはちょうどその頃だったようだ。

そのときモノズキにもクルマからおりて近くまで行ってよく観察したが、たしかに簡単には踏み込めないような気配だった。聞いた話の呪縛があったのだろうが、友人はぼくよりもさらに離れたところにたって「早く行こう」としきりに言うのであった。

数年後、その友人とまたその前を通ったが廃屋はもうなかった。顚末《てんまつ》を聞いたが友人は何も知らない、と言っていた。

第二章

土地に残る「記憶」を感じる旅

ガス室の〝壁に書かれた〟文字

世界各地、長く旅を続けていると、鈍感なぼくにも説明のつかない不思議なこと、わけのわからない現象などと出会うことがある。数千年ものあいだ沢山の人間が生まれ、いろんな体験やさまざまな感情を積み重ねているうちに人はやがて確実に死ぬ。人間の体そのものはいろいろな形で大地や海洋などの地球に同化して消えていくのだが、激しい憎しみとか、強い恨みとか、あるいは深い「悲しみ」、その逆の深い「愛《いと》しさ」とか「慈《いつく》しみ」の「感情」。これらの「思念」「魂」といったものはどうなっていくのだろうか。

誰しも考えるコトなのだろうが、まだ多くの人が納得する見解も分析もないようである。はっきり実証できないからだろうか。

ぼくがなんとなく実感しているのは、そういう目に見えない「モノ」のかたまりは、その土地に何年も堆積し継続して残っているのではないか、というコトである。

例えば、以前ポーランドのクラクフのホテルに滞在し、アウシュビッツに数日かよったことがある。いろんなメディアで紹介されている一度入ったら絶対生きて出てこられない、と言われている残酷で悲惨な収容所や、有名なガス室などひととおりじっくり見て歩いたが、その場所にいるあいだ、ぼくの神経や精神はどう考えても何かわけのわからないものに翻弄されていた。

ガス室は案外狭く六メートル四方もなかったような記憶がある。狭い入り口を少し降りていくと、たぶんどんな人でもそのコンクリートで上下四方を囲まれた部屋の異様さに神経が萎えるだろう。天井にはところどころにたぶんガスの噴射孔だろうとわかる痕跡がある。ぼくが戦慄したのは、硬く冷たいコンクリートの壁のあちこちに文字の断片が記されていることだった。ここに入れられた人はもちろん何も持っていないからそれは人間が指で書いたものとしか考えられなかった。

最初の頃は集団でシャワーを浴びる、というまやかしでここに大勢入れていたらしい。でもシャワーのかわりに殺人ガスが噴射されたのだ。その短い時間にコンクリートの壁に指で文字を記したのだ。

収容されていたなんの罪もない「囚《とら》われ人《びと》」の一人一人の虐殺前の写真が収容所の廊下の左右の壁にかけられている。男も女も二〇歳前と思われる青年も娘もみんな坊主頭にされ、囚人服を着てこちらを見つめている。

「カメラのレンズを見るように」ときつく言われていたのだろう。この悲しみという言葉だけでは包含しきれない、涙のない慟哭《どうこく》の表情が強烈で、まともに見ていられないが、しかし目をそらすこともできなかった。

死の直前の人が後々その写真を見る人に「こちらをまっすぐ見てほしい」と言っているのだ、と解釈した。

その収容所の廊下の一番奥に移動式の絞首台があった。高さは四メートルほど。ぼんやり見ていると教会の簡易祭壇か、とまるで逆の連想をしてしまったのをひそかに恥じた。絞首台がそのようなところにむきだしに置かれている、という「死」の日常性に視覚がマヒしていたのだろうと思う。

それが最初の日だった。

クラクフのホテルに戻ると、なにか強い酒を飲まないと落ちつかなかった。やっと手にいれた粗悪なウイスキーを急ぐようにして飲み、どんどん酔っていった。精神安定剤がわりにしていたのだろう。

「恐怖」を感じなかった「死者の池」

三日めにはアウシュビッツの郊外にあるビルケナウというところにいった。

まばらに家がある、過去の残虐行為がなければのどかで平和な麦畑の広がるきれいなポーランドの田舎《いなか》の風景だったろう。しかし今でも収容所を取り囲む悪辣な二重になった高圧電流をつないでいたコンクリート製の長大な柵がそのまま残っておりいかにも不穏な景観だ。

でも農民たちはそうした柵の内外で、おそらく家畜用だろうトウモロコシのようなものの刈り取り仕事を熱心にやっていた。

近くの林の中に大きな池がある。直径八〇メートルぐらいだったろうか。

それはアウシュビッツができてから生まれた池だった。やはり沢山の人間の死が関係している。

現地の案内人の説明と資料によるとアウシュビッツで困っていた問題のひとつに、増えつづける遺体の始末があった。土葬にしても火葬にしてもあまりにも遺体が多すぎたのだ。

そこでアウシュビッツにある遺体の山をブルドーザーなどを使って近くにあるビルケナウの林の空き地に運んだ。

そこに遺体の山をつくり、燃えやすいようにあちこちにパラフィンの棒を差し込み、ガソリンをかけて焼いたという。まるで粗大ゴミの焼却処理のようなことをしていたのである。この焼却は焼き尽くすのに一週間ぐらいかかったという。焼却係がまんべんなく燃えるように管理していたらしい。

そのあたりの状況は、アウシュビッツ管理側の人々以外、目撃した人がいないので、焼却された資料の残骸からしかその実態はよくわかっていない。けれどこの大量焼却は何度も行われた。そのために大地が沈んでいき、この残虐行為が終了する頃には大きな窪《くぼ》みができていたという。その窪みに水がたまり、ぼくが見たときは直径八〇メートルほどの丸い池になっていたのである。

この一連の残虐行為を知っている近くの住民がキノコとりにきていた。大量虐殺遺体が処理された池のまわりでキノコをとる、という感覚にもいささか困惑したが、近くに住む人にはそんなものなのだろう。年配の婦人がおしえてくれたのは、この池のまわりに立っているとかなり頻繁に白い切片が浮かび上がってくるという。それは人間の骨の切片なのだという。

ぼくがこのアウシュビッツに行ったのは一九七〇年代だから、今は骨の浮き上がってくる「死者の池」がどうなっているのかわからないが、その場所で晩秋にひとりでしばらく立っていたときのことが忘れられない。

アウシュビッツの生々しい残虐行為の痕跡を前にしているときとちがって、そこでは不思議に「畏怖」とか「恐怖」といったものは感じなかった。

その池にどのくらいの数の死者が焼かれて沈められたのかわからないが、その処理のしかたを知ると少なくとも数千人単位であったろうと思われる。あのガス室のなかで感じた異様な感覚は、大勢の人の死にいたる苦しみや憎しみや悲しみといった人間の根源的なものがまだたくさん「魂の残滓《ざんし》」として緻密《ちみつ》に浮遊しているように思えた。けれどビルケナウの「死者の池」は鎮魂しているように感じた。理由はわからない。

生き残ったのは七人のみ。「死の刑務所」

カンボジアのプノンペンに行ったのは二〇〇四年のことだった。戦争半島ともよばれたインドシナ半島のなかでも、悲惨な虐殺を生んだ土地だが、ぼくが行った時代になると街の空気は落ちついていた。けれどシェムリアップからそこまで行く間に出会う人は殆《ほとん》ど家族の誰かをポルポトに殺された、という話をしていた。

死が人々の間で当たり前になっていた時代の殺伐とした空気の残滓が、じっくり見ると街の風景の中にしみ込んでいるようだった。

プノンペンの一番賑《にぎ》やかな通りに行くと映画館があちこちにある。そこで上映している映画の内容をオモテの大きな看板が絵にしている。だからやっている映画の内容もその絵でだいたいわかる。

　大きな顔だけの人間のまわりに何本もの手足がついているのや、人間百足《むかで》のようなものが描かれている。どの映画館もそんなものばかりだった。カンボジア人の案内人に聞くと、ポルポトの虐殺以来、カンボジア市民の多くはこういうグロテスクなものでないと受け付けなくなってきたんです、と解説してくれた。人心の荒廃という文字が頭のなかに大きく浮かんだ。

　翌日、ポルポト政権が二万人を虐殺したといわれるトゥールスレン刑務所に行った。一九七六年から七九年までここに収容された殆どの人は拷問の末に殺された。生きて戻れた人はたった七人だけという。

　この刑務所はもとは学校だった。だから囚われた人は教室をこまかく仕切った狭い牢《ろう》に入れられた。まだ当時のものがそのまま残っている。一・五メートル四方ぐらいでコンクリートの床だ。囚人らはそこで寝起きし、垂れ流しを強いられたという。床に少し傾斜があり、排便したものがなんとなく下方に流されていく、という構造らしい。

　もと学校だから沢山の部屋がある。一階は拷問部屋だった。まだ当時のままの拷問の現場が残されている。

　部屋の真ん中に鉄と鉄網製のベッドがあり、囚人はここにあおむけに寝かされ、手足を縛られた、と部屋の説明文にある。そういう状態にしてあらゆる暴行が加えられたのだ。鉄のベッドのあちこちや部屋の壁に年代をへた血痕が見える。

それぞれの部屋でいろんな拷問があって、ひとつひとつその内容が説明されている。ありとあらゆる手法がとられたようだ。拷問してももともと罪のない人たちだから何がどうなるんだ、という大きな疑問があるが、その当時国全体が狂気に走っていたのだな、ということが見えてくる。

「水責め」という拷問は、巨大な漏斗《ろうと》状になったものの先端を動けなくさせた人間の口のなかに突っ込み、そこに容赦なく水を入れてとにかくずっと水を飲ませる、というすさまじいもので、この拷問を受けた人もたいてい死んだようだ。同じ「水責め」でも、廊下の壁にぽつんと置いてある椅子が陰惨だった。そこに座らされた囚人の頭上にある装置から頭の一定のところに延々と水滴（雨垂れのようなもの）が落ちてくるようになっている。頭にずっと絶え間なく水滴が落ちてくると、そこに座らされた人間は眠れなくなる。絶えず一定のところに落ちてくる水滴によって岩にも穴があく、と言われているが、岩に較《くら》べたら人間の頭蓋骨なんかやわなものだ。どっちみちその囚人は生きてたちあがることはできなかったのだ。

狂気の大虐殺跡地にも土産物屋が

このトゥールスレン刑務所の近くに映画にもなったキリングフィールドがある。そこでは約一万人が虐殺されたとされているが、その現場の一部が公開されていた。入り口のところに慰霊塔もしくは抗議のモニュメントのような不気味かつ不思議な塔があり、全体は巨大な筒状になっている。

高さは三〇メートルぐらいあっただろうか。十数年前のことで、写真を撮るのもなんとなくためらわれたので記憶は曖昧だが、強烈なのはその巨大な筒が透明になっていて、そこに八九八五人の頭蓋骨がおさめられていることであった。これらの人々は塔の背後に広がる「キリングフィールド」で処刑され、埋められたのだという。

キリングフィールドとは恐ろしい呼び名だが、現場に行ってみると、そうとしか呼びようがないのだろう、ということもわかる。

映画では朽ち果てた泥濘《ぬかるみ》の荒れ地になっていた。あたかも映画もその現場で撮ったもののように思えてくる。泥の中のいたるところに人間の腐乱死体や白骨が見えた。

ぼくが行ったときは土で埋められた広大な荒れ地のようになっていて、ところどころに一〇メートル四方ぐらい、深さ二メートルほどの穴があけられている。埋められた遺体を発掘したあとの穴だというが、それはまだごく一部でこの荒れ地全体にあとどのくらいの数の遺体が埋められているかわからないという。

掘られた穴の四方の土壁に人間の着ていたものらしい衣服の切れっ端などがあちこちに見える。順次この一帯を掘って遺体を回収していく予定というが、カンボジア人の案内人に聞くとなかなか容易ではないという。なにしろスケールが巨大すぎる狂気の跡地になっているのだ。

その時代、カンボジアでは一〇〇万人以上が虐殺されたといわれているからこのキリングフィールドから掘り出された遺体もごく一部、ということになるのだろう。

いつまでもそんな片隅に立っているのも心細いので、慰霊塔のほうに戻ると、こういうところにも「お土産屋《みやげや》さん」があるのに驚いた。何を売っているのかまでは確かめなかった。慰霊塔の前で賑やかな声が聞こえたので何事かとそこに行ったからだ。

すると中国人の「観光客」の一群がいてスケルトンになった慰霊塔の膨大な骸骨の前でワイワイ騒ぎながら記念撮影をしているのだった。どういう意味があるのか何人かはVサインをしている。不思議な光景だ、とそのとき思ったが、考えてみると中国人の観光客団はこの頃から世界のいたるところに出没していて、日本もいつのまにか中国人観光客団に席巻《せっけん》されてしまった。この現象は世界各国に及んでいるらしいからおびただしい骸骨の塔の前のVサインもコトのはじまりにすぎなかったのだろう。

インドシナ半島の旅のメーンの目的はもっとほかにあったのだが、「戦争半島」と呼ばれたこのルートを行くと嫌でもそういった過去の負の遺産と遭遇することになる。

ベトナムのホーチミンには「戦争証跡博物館」がある。この怒りをこめたストレートな名称がすばらしいと思った。まさに理不尽な戦争にズタズタにされた国の怒りがそこから読み取れる。日本だと「平和祈念館」などとまったく逆なイメージにされてしまうのだが。

虐殺された人々の顔が浮かんで……

ここまでポーランドのアウシュビッツとカンボジアのトゥールスレン刑務所の話を書いてきた。どちらも初めて見る者には刺激が強すぎて、その現場の状況を書くのに精一杯で、泊まった宿について語っていくのを忘れていた。

アウシュビッツのときに少し書いたけれど数日通ってくまなくその内容を見ていくにつれて、普通は感覚的にどこか慣れていくものだが、逆に訪問回数が増えていくにしたがって気持ちがどんどん重くなっていくので、街に帰り、ホテルなどでの食事のときにとにかくアタマを鈍化させるくらいの強いアルコールを飲まずにいられなくなっていた。

ふたつの収容所（刑務所）の壁に貼られていた、虐殺される直前の囚人らの顔写真がいつまでも脳裏に焼きついてしまっているのだ。実際に見ればわかるが、ヨーロッパの人もアジアの人も当然ながら果てしなく悲しい顔をしている。その辛《つら》い顔の表情全体で何かを訴えている、ということが古い写真の中から放射されているのがわかるのだ。どちらの収容所（刑務所）も男女とも髪の毛を丸刈りにされ、囚人服を着せられている。ところで先ほどから刑務所とか囚人と書いているが、正確には誰も何も罪を犯しているわけではないのでその言い方は書いているほうも強い抵抗感があるのだが。

そのときぼくが感じたのは人間というのは沈黙している写真の中からでもあれほどはっきり怒りや諦めや恨みを放射できるものなのか、という驚愕《きょうがく》だった。

だから通っているうちに何度もこれらの顔写真を見るようになる。その表情がなかなか頭の中から抜け出ていかないのにおののいていた。強い酒に酔って寝ると、たいてい真夜中に起きるものだ。小便とか喉の渇きといった生理的なものがそうさせる。

普段なら用をすませたあと眠りの中に復活していけるものだけれど、その日々は違った。

もう酔いもあらかた醒《さ》めている、ということもあるのだろうが、寝ているあいだにも脳の中にそれらの、間もなく殺されていく人々のはてしのない悲しみをこめた顔が次々によみがえってくるのだ。これは苦しかった。

そういう顔になにか霊的に脅されている、ということではないのだが、闇の中にいると次々に浮かびあがってくるような幻覚的なものに苦しめられるのだ。

そこでたまらず夜更けに電灯をつけてみる。ベッドサイドの照度の低い赤黒いライトが天井に丸く薄暗い光の輪をつくっている。

ポーランドのホテルの読書灯はベッドの背の鉄柱に頑強にくくりつけられていて、寝ながらの読書には無理な角度で固定されている困ったやつであった。

それでもそうすることによって闇から部屋が少しでも明るくなると気分はまたいくらか変わるのだが、それも束《つか》の間のことだ。

沢山の虐殺された人々の無念の残滓のちからは、かたちのさだまらないまま狭い部屋の空気を圧迫し、ぼくは酸素不足のような重く辛い気分になる。しめたままの部屋の空気がよくないのだ、と勝手に解釈し、ぼくはホテルの窓をあける。古いホテルの窓はぎこちなく軋《きし》みながらなんとか開いて隙間をつくる。ポーランドの夜気がそれとはっきりわかるように部屋の中に流れ込んできて、それはそれでまた死霊の吐息みたいにぼくの精神を硬直させるのだった。

開拓民の廃屋を使わせてもらうことに……

フォークランド諸島は南米大陸の南端部分、アルゼンチンのはしっこから五〇〇キロ東にいったところにある。大小約七八〇の島から成り立っており、島面積を合計すると日本の長野県ぐらいになるようだ。ぼくはアルゼンチンからヨットでこの島に行った。一九八〇年代のはじめの頃だった。人口は当時で二五〇〇人ぐらいときいたが東と西の大きな島に集中していて、だんぜん無人島のほうが多い。

ぼくは五人のチームでドキュメンタリーの撮影をしていた。野生動物を追っていたので、主に無人島をいくつか回っていた。無人島にもふたつの種類がある、と以前に書いた。最初から現在までヒトが住んだことのない純然たる無人島と、むかしいくらかのヒトが開拓などのために住んでいて、やがてみんな島から離れてしまい、それなりに有人島時代の小さな歴史をもつ島。これは日本も外国も同じである。

島の名前はウェッデル島。ヒトがいなくなって四種類のペンギンや珍しいゾウアザラシ、アホウドリなどがいっぱい生息していた。

それらの野生生物が沢山いるエリアにはときどき訪れる生物学者のために粗末な山小屋ふうの小屋がつくられており、無人だったのをいいことに我々もその小屋で寝起きし、何日もかけて鳥や海獣の撮影を続けていた。

その小屋での生活はもちろん自炊で、そこそこのウイスキーなども持ち込んできたので夜は合宿のようで楽しかった。

ひと仕事終えて、街のある大きな島にわたるために島の端にある、むかし使われていた桟橋のあるところまで一日歩いて移動し、無線で迎えの船を要請した。島には平地部分にむかし開拓のための人々がつくったちょっとした集落があったがいまは離村し、廃屋のかたまる無人地帯となっている。

船は最初から契約していたのだが、帰る日は正確に決めてはいなかった。野生の生物相手の仕事の性格上、こまかい日程までどっちみち決められなかったのだ。

ようやく無線連絡はついたが、船があくのは三日後だという。そういうこともあるだろうと思っていたので、我々は待機態勢に入った。テントはあるし炊事道具はあるし、余分に持ってきた簡易食料もまだいっぱい残っている。とりあえずの仕事が終わったこともあって我々はちょうどいい休暇気分になった。

しかし、ひとつだけ具合の悪いことがあった。フォークランドは寒冷海洋性気候で、冷たい雨と冷たい風がよく襲ってくる。そういうところでのテント生活はいろいろ面倒なので、そこにくる間に見つけていた、むかしその島に住んでいた開拓民の廃屋を使わせてもらうことにした。

一〇軒ぐらいあったが、腐って潰れてしまったり半分傾いてしまった家などが多く、南向きの木立の中にたっている、比較的損壊の少ない家にみんなで避難することにした。鍵のない入り口のドアはさして軋む音もせずにあき、埃《ほこり》と黴《かび》のにおいが強烈だったが放置された年数のわりには雨がはいりこまなかったためか腐蝕《ふしょく》もなく、束の間の生活には快適な場所だった。水は出ないが、薪《まき》を持ってくれれば使えるストーブがある。いくつかの部屋にはちゃんとベッドがカバーをかけたままの状態で残されていた。廃屋は怖い、という認識をまだぼくが得るまえの話である。

イクラと鮭の醤油煮ご飯だ！

我々はガソリンを燃やすラジュース（コンロ）を持っていたが、そろそろ燃料切れになりそうだったので、居間らしいところにある、まだ使えるストーブの存在に歓声をあげた。こういうことに詳しい一人がまずそこから出ている煙突がしっかり外部まで通じていて途中で破損していたり鳥が巣などを作っていないか点検した。ぼくともうひとりは外に出て燃やせそうな古い木を探した。それほど潤沢ではなかったが、三〇分もすると一晩ぐらい十分持ちそうな薪が集まった。

「うまく見つからなかったら部屋の中にも古材はいっぱいあるぞ」

リーダー格の一人が部屋を見回しながら言った。半分壊れたような戸棚や傾いた揺り椅子などがあって、それらを使えば本当に数日間の燃料になりそうだった。

電池切れでもうライトがなかったのでストーブからもれる灯が料理をつくるときに必要だった。

食べるものは簡易食料の他にちょうどその時期、ウェッデル島の小さな川に鮭《さけ》が遡行してきており、群れの中に入ると手摑《てづか》みで捕まえることができたからそっちのほうも問題はなかった。

余談だが、この鮭は自然のものではなく、日本人の海洋研究学者がその島で何度も鮭を孵《ふ》化《か》させて川から海に放ち、やがて故郷の川に戻ってくるように飼育の研究をしていた成果なのであった。ぼくがその旅の鮭漁のことを本に書いたところ、後日、それは私たちが何年もかけて実験していたものの成果に違いありません、という驚嘆と喜びの手紙がきた、という感動的な経緯があったのである。

当時はそのようなことはまったく知らず、我々は無邪気にその獲物を食料にしていた。コメはまだ残っていたので、それを炊き、イクラと鮭の醬油《しょうゆ》煮《に》がおかずになった。廃屋だから雨や風の心配はない。その遠征の成果はあがっていたので、全員気分よく腹いっぱいの夕食をとった。

その廃屋は一軒の家としてはかなり大きく、居間のほかにいくつかの寝室、それに離れの部屋と中二階のような物置部屋のようなものがちょっと曖昧な位置にあったりした。けれどどこも埃だらけなのであまり必要のない部屋には入らないようにした。

酒は切らしていたので、満腹になるとストーブのまわりでウツラウツラする者も出てきたが、そのあたりの床にはいろんなものが置いてあって寝袋を広げると一人寝るのがやっとだった。そこで残りの者は寝室に寝ることになった。カバーのかかっているベッドの上に寝袋を広げればクッションつきの快適な寝室になる。

ぼくは離れに寝ることになった。寝る前にいつもヘッドランプで本を読む癖がついていたが、もうその頃はヘッドランプの電池も頼りなげになっていたから、非常用のローソクを使うようになった。離れにはローソクを置くのにちょうどいいベッドサイドテーブルがあったのだ。

いったん水をとりにストーブのある居間にいくとみんな疲れていたのだろう、リーダーも火にあたりながら横になり、寝室に行った奴《やつ》も軽いいびきをかいていた。

ぼくはいびきの聞こえない離れに戻り、読みさしの海洋大型生物についての本の続きをひらいた。それまでの避難小屋やテントとちがって隣の奴に蹴飛ばされるようなこともなくゆったり贅沢《ぜいたく》に体を伸ばすことができ、気分はすこぶる開放的になっていた。

赤外線写真のような風景が動いている

どこからか隙間風が入ってくるらしくローソクの炎が微妙に揺れる。けれど日本ではめったに停電などしないからローソクの明かりで本を読むなんてあんがい贅沢な気分であり、ぼくはそれを楽しんでいた。

本はゾウアザラシの生態について書いてあるところにさしかかっていた。ほんの数日前、ウェッデル島の草地で昼寝している数十頭のゾウアザラシの撮影をしてきたばかりである。想像を超える巨大な生き物でどの個体も軽く四メートルはある。かれらの生息地に我々怪しい人間が入り込んできたのでかれらは警戒し、巨大な頭をもちあげ、同じく巨大な口をあけ、あきらかに怒りをもって威嚇する。吐く息が腐った魚のような臭いで、接近するとモロにその息を吹きかけられる。うっかりすると噛《か》みつかれそうだった。幸い巨体すぎて陸上ではノソノソした前進しかできないので素早く逃げることができる。その鬼ごっこみたいなやりとりが俄然《がぜん》面白かった。

そんなことを思いだしながらページをめくっていくのがもどかしかったけれど、同時にぼくも相当疲れていたので、手にしていた本がぐらぐらしてきたのをシオにローソクを吹き消して眠る態勢にはいった。母屋のほうからは遠く、しかし合唱状態になったいびきが聞こえてくる。それも具合のいい睡眠誘発になっていたのだろう。やがてぼくは他愛なく眠ってしまったようだった。「ようだった」というのは、そのあと少しして不思議な覚醒をしたからである。

あれは、あとで考えると「赤外線フィルム」で撮った映像に似ていた。時間経過の感覚はあいまいだったけれど、とにかくぼくは少し前に自然に寝入っていたのである。ローソクを消し、寝袋の中に両手を突っ込み、気分的にはぐらぐら揺れるようにして、まもなく他愛もなく寝てしまった筈《はず》である。

でもぼくはまた起きていた。しかし最初のうちは現像の悪いむかしの写真を見ているような風景に見えた。感触は違うけれどそれは見覚えのある風景で、すぐにぼくが寝ている部屋らしいとわかった。

でもローソクを消して真っ暗になった少し前の残像にある部屋の風景と違って、全体がぼんやりぼくに見えるのである。

なんで闇が見えるのだろう？　と半覚醒よりももっとおぼつかない「夢」のようなそれを見ながらぼくはやや呆然《ぼうぜん》としつつ、考えていた。体が重くてただ寝ているままで頭を起こすこともできない。ぼんやりした視覚だけが生きていて、部屋全体が見えるのだ。

それからよく理由がわからないままなにか気持ちがぐっと落ちていく感覚があった。体が思うように動かせなくなっていながら部屋全体が見えている、という感覚が不快だった。眠っていながら目だけ強引にこじあけられたような気分でもあった。

ああ、こんなの嫌だなあ、と思った。

空気が重く沈んでいるようで、泥のなかで「夢」を見ているようでもあった。

ああ、いやだなあ、と思っていると、足もとのほうにあるその部屋のドアが自然に開いていくのがわかった。音はしなかったように思うが、赤外線写真のような風景が動きだしている、という感覚はあった。

ああ、いやだなあ、とぼくはまた強く思い、体を動かしたかったのだがそれができないのが辛かった。

顔も輪郭もない姿で接近してくる

体も頭も動かせない状態で、部屋のなか全体が白っぽく透けてみえる。頭のなかでは、この部屋はたしか「真っ暗」な筈だったから、こんなふうに見えてしまうのは普通ではないのだ、という僅かに冷静な思考力があった。でも思考はそれ以上は動かない。回転しない思考とでもいおうか。

夢ではない、それとは別のものだ、という意識もまたしっかりとあった。動けない体のまま強引に白っぽい部屋を見せられている、という印象だった。ああ、いやだなあ、という気持ちは精神の底のほうにずっとあった。

音もなくあいたドアから「なにか」が現れてきた。白っぽくみえる部屋なので妙にきわだっている不定形のモノだった。小柄な人間の背丈ぐらいの大きさが、全体が黒っぽくモワモワ動いている。顔も体も区別できない。強いていえば人間ぐらいの大きさのモワモワしたはかないかたまりだった。ひとつのモワモワが部屋に入りきると、さらにもうひとつのモワモワが現れてきた。

同じように全体がモワモワと絶えず動いている。強引に描写すれば繊細な影でできた糸のカタマリのようなモワモワだった。

そのふたつがゆっくりベッドサイドのほうまで進んできて、動けないぼくのほうにむかってきた。モワモワは同じようなもので、顔とか体の輪郭はない。でも〝ふたつ〟ともモワモワしながらぼくの寝ている方向にあきらかに接近してきているのだった。

ぼくはその頃から全身がカッと熱くなってきているのを意識していた。体全体は相変わらず弛緩《しかん》したままで、視覚だけが機能している。

近寄らないでほしい。

とぼくは願った。目をつぶることはできなかった。いや目はつぶりたくなかった。いったい何がこんなモワモワ状態のままぼくの方に接近してきているのか、その正体がわかるまで目をつぶりたくなかった。つぶろうとしてつぶれるのかわからなかったが、もし目をつぶってしまうと、このモワモワしたものがそれからぼくにどんなことをするのかわからない恐怖のほうが大きかった。

叫んでいた。

気がつくとぼくは叫んでいた。

それによって体が少し動くのを感じた。

同時にあたりに闇が戻ってきた。ぼくの寝ている部屋は寝る前に覚えていた「闇の夜の部屋」にもどっていた。

ぼくは自分の叫び声で覚醒したのだろう。

「いまのは夢なのか」

そう思ったが、さっきからずっとあった自分のもう一方の感覚にある「起きていた自分」が、いまのは夢などというものではない、ということをぼくに冷静に伝えていた。

闇のなかで両手を動かした。今度は手から腕へと全部動いた。それからゆっくり上半身を起き上がらせた。

部屋はまったくの闇ではなく、窓の外の夜の闇のほうが部屋より少しあかるかった。乱れていた呼吸が静かに少しずつ普通の状態になり、ぼくは両手で顔や首のあたりを拭った。熱を出したときのように少しあつくなっていたが、それが風邪《かぜ》などの病気によるものではない、ということも感覚的にわかった。本当の意味で部屋の闇に目が馴《な》れてきているようだった。いま自分が見たのはなんだったのだろう、と考えた。恐怖はさしてなかった。ただ全身がぐったり疲れていた。

ローソクをつける瞬間の恐怖

薄闇のなかで小さなサイドテーブルに手をのばし、ローソクに火をつけた。つける瞬間に奇妙な恐怖が走った。それまであまり感じなかった恐怖の感覚だったが、数分前からくらべたらかなり覚醒してきているからのような気がした。なんとか今の出来事が質《たち》の悪い夢だと思いこもうとした。

手と指先だけでなく体も動くようになっていたのでベッドの上の寝袋から体を出した。さっき感じた窓の外からの夜の仄《ほの》かな明るさはローソクをつけてみると再び夜の闇になってしまい、ローソクの炎がときおり揺れるのが気になった。

耳をすますまでもなく母屋のほうから仲間たちのいびきが聞こえ、それが非常に嬉《うれ》しかった。何も音がしなかったらどうしよう、という不安が背筋のあたりを走っていたのだ。仲間たちがいびきをかいてちゃんと寝ているのが頼もしい。さっきの恐怖がどんどん遠のき、嫌な夢をみたのだとにかく思いこむことにした。

けれど、またローソクを消して寝袋にもぐりこむ気にもならなかった。すぐには眠りの続きには絶対入れないだろう、という確信があった。

寝袋からすっかり体を引き起こしベッドの端に腰をおろし、部屋のドアのあたりをじっと眺めた。ローソクの位置を変えるとドアのあたりの暗がりが照らされた。ドアは開いたままだった。ぼくはそこでまたあらたな別の恐怖を感じた。はっきりとした記憶はないが、数時間前に眠るためにこの部屋に入ってきたとき、ぼくはドアを閉めたのかどうか、そのことを思いだしていたのだ。

それまでのテント泊や鳥類観察用の小さな小屋でみんなで雑魚寝《ざこね》していたとき、いびきがうるさく、互いに文句を言い合っていたので、その廃屋にきて小部屋がいくつもあるのを知り、ようやく別々の部屋に寝ることができるから「いびき」で文句を言い合うことなく安眠できるな、と寝る前にみんなで言っていたのを思いだした。そういう経緯があったから、ぼくもその離れの部屋に入ったときはきっちりドアを閉めた筈だった。

そうしてさっきのヘンな現象で起きるまで小便などのためにその部屋を出ることはな

かったから、自分がそのドアを開けに行った筈はない。ぼくが寝入ってから仲間の誰かが何かの用でぼくの部屋をたずね、ドアを開けたまま戻ってしまった、ということがあったかもしれないがあまり考えられなかった。

ぼくは起きてローソクを持ち、部屋の入り口に行った。ドアは半開き、という状態だった。そのまま部屋を出て仲間たちのいびきに誘われるように数時間前までみんなでくつろいでいたストーブのある部屋に行った。みんな寝袋のなかでウガーウガーと寝ていた。

寝入っていてもとにかくそこに生きた仲間が同じようにしている、ということがありがたかった。ぼくは自分の離れの部屋から寝袋を持ってきて、その広い部屋の片隅にあらためてそれを敷き、そこにもぐりこんで浅い眠りに入った。

翌朝、ぼくは歯を磨くのと小便をするためにその廃屋の裏手のほうに行った。

そこは小さな庭のようになっており、十字架がいくつか立っているのを見つけた。傾いているものもあったが、なかなか立派な木が使われていた。ここに埋葬されていたこの家の人々が、どこからきたか知らないが久しぶりの客に挨拶にきたのかもしれないな、と思った。

「いわくつき」の部屋に泊まったとき

二〇一五年の一一月、ぼくは一年で一番多忙な時期になってしまい、ひと月の半分近くを旅行していた。半月間どこかの国にいるのならまだ楽なのだが、種類の違う仕事がいろいろくみあわさって、日本のあちこちの都市に煩雑にいき、そこにあるホテルに泊まる。

その多忙と、どうやら人疲れのようなものが出てきてしまったようで、非常に調子が悪い状態で泊まるときが何日かあった。

これまでの人生、どこへ泊まるのでもたいていサケを飲んでいるからシャワーやお風呂に入るのも面倒でそのままいわゆるバタンキューで寝てしまっていたものだが、夜中の二時前後に起きることが多い。飲んでいるから喉が渇いているのとトイレにいきたい、という当たり前の生理現象だ。そうしてモウロウとベッドに戻り、眠りの続きに入る。

ところが、このところ体調が万全ではないからか、あるいはトシがそうさせているのか、いくら疲れていても、疲れている体と精神とが簡単にいうとバラバラになっていて、体は疲れているのに精神はパキリと覚醒している、などという状態がときおりあって戸惑っている。

かつて睡眠についての多面的な考察をほどこした本（『ぼくは眠れない』新潮新書）を書くときにいろいろな本を読んでいて、いま書いたそういう状態がもっと顕著になってくると、いわゆる「カナシバリ」的な状態になっていく、ということが書いてあった。

そうして今、疑問なのは、ホテルなどの旅先の眠りのときにこういう現象が起きるのだが、自宅ではまったくないのはどうしてなのだろう、という単純なことだ。

もしかすると他動的ななにかの原因があるのかもしれない、とそのことから思ったのである。

ホテルも日本式の宿にもいろんな人が泊まる。古いホテルや宿になるとひとつひとつの部屋にそれまでどのくらいの人が泊まったのかはかりしれない数になるだろう。そうしてそこではいろいろなことが起きていた筈である。

ここではてっとり早く、自殺とか殺人などの出来事が起きた場合のことを考える。

これはある知り合いのホテル関係者に聞いた話だが、そういう事件が起きると、そのホテル経営者なりの「御祓《おはら》い」とか「お清め」などを行い、ホテルなどだと部屋の内装を全部替えてしまうらしい。壁から天井、床まですべて引っぱがし、部屋の内側をすっかりあたらしいものに替えてしまう。

その上でいままで通りの客室のひとつとして使う、というのだ。

これもレベルがあって、経営的に苦しいホテルなどはそのような全取り替えの予算がないから「御祓い」や「お清め」をしたあと、通常より丁寧な清掃をして、また普通の客室として再生するという。いちじき、そういういわくつきの部屋は壁に掛かっている絵画の裏板の中などに意味ありげな「おふだ」が隠すように貼ってある、などという話を聞いた。本当かどうかわからないけれど。

しかし、ぼくの体力や精神が弱っているときに、たまたまそういう経緯をもつ部屋に泊まり、夜更けに目がさめてカナシバリみたいなものになる、ということがあるのかもしれない。これは誰にも正解はわからないだろうが。

◎閑話休題
ホテルや旅館の小さい謎

　全国のマタタビも三〇年ほど続けてくると日本の宿がどんなことを考えているか大体のことはわかってくる。たとえば布団だが、ホテルも旅館もその部屋に持ち込まれたときからよほどのこと（大改装とか）がないかぎりずっとその部屋に専属として置かれている。

「もう三年も部屋のなかに入れてあるんだから少しお日様に干して太陽殺菌して乾燥させましょう」

　なんてことはまず誰も言わないだろう。やったら大変なことになる。第一街なかのビジネスホテルなんかそうそう簡単に布団を干すところがない筈だ。電気式で温風を送りこむ乾燥機も出ているが、あれだって宿の布団は数があるからひと騒動だ。

　したがって創業は古いがあまり流行《はや》らない宿の布団なんて三〇年も四〇年も同じ部屋の暗い押し入れのなかでひたすら冷たくなっていることになる。

　寝巻やタオルなどは泊まり客があった場合はあたらしい洗ったものと交換されるが、コップなどは破損していないかぎりその部屋のものはその部屋で洗われ拭かれて再配置されるらしい。

　あるところで聞いた話だがそのコップを拭くのも部屋にある未使用（と、思いたい）のハンドタオルなどが使われる、という。むかしはああいうものは一部屋ごとにあたらしいものと交換されるのだろう、と素直で純真なぼくは思っていたが、そんなことをしたら移動のたびにいらぬ破損がおきたりするから、部屋の備品はなるべく動かさないでいるほうが、という考えは正解なのだろう。

バス、トイレの掃除だが地方の安っぽい駅前ビジネスホテルなんかだと風呂もトイレもいったん水を流しトイレの便座やその内側などに殺菌フレッシュ噴射なんかをシャッとやって「消毒済み」などと書いてある帯をまいておしまい、という。

あの「消毒済み」という帯は見る者にユニットバスの隅々までよーく磨かれているんだな、という錯覚を呼ぶ。

布団や枕はカバーを毎回取り替えているはずだから酔って帰って一晩「ンゴー」などと寝るのだったらさして問題はない。

外国の安ホテルで体験したのだが、掃除をするときには各入り口や窓を全部あけてやっていた。南国などは夜になって電灯をつけると布団のあちこちからいろんな虫が這《は》いだして飛び交ったりしてまいったことがあった。

その点、日本のホテルは事故防止という意味で窓があかないようになっているところが多く、虫が入ってこないかわりに空気の入れ換えも部分的だったりしてどっちがいいかわからない。

何時《いっ》の頃からかぼくは閉所恐怖症という思いがけない精神体質であることを知り、すべての窓がハメゴロシになった狭い部屋のホテルで寝ることがたいへん苦手になってしまった。窓のほんのはじっこ、三センチぐらいでいいから空気の入れ換えが可能なくらい開けしめできないと精神が非常に疲れているときなどはパニック状態になってしまうことがある。

その点、街からはなれた海べりとか丘の上などに建てられた部屋数いっぱいのリゾートホテルなどだと、それこそ一日中外から風が通り抜けていったりするからなんの問題もない。まあ当然か。

あっ。問題はあった。ぼくは仕事の取材で泊まることが圧倒的に多いので、そういう豪華なホテルにはまず泊まらない（泊まれない）のだ。

ぼくが泊まった最高級かな、と思えるのはバリ島のリゾートホテルのコテージで、部屋数ときたら一階二階あわせて一〇部屋ぐらいあり、そこに古い友人のイラストレーター沢《さわ》野《の》君と泊まった。二人いてもそんなに広いとまたこれも困るものでバスは三箇所、トイレときたら六箇所ぐらいあって我々は一階と二階の寝室に分かれて寝たが互いに何か連絡があるときは電話を使わなければならなかった。

ここちのいい香が焚《た》かれ、森林に囲まれた周囲のどこかから小さく笛と竹太鼓（ガムランという民族音楽で使われるやつ）の音が聞こえてきてむかしの王侯貴族はこんなところに寝たんだろうなあ、すげえなあ、といろんな部屋を確認して歩いてみたので疲れてしまった。アホですな。

ロシアの支配下にあった頃のモンゴルではウランバートルで最大のホテルに泊まった（泊まらされた）が全体がコンクリートのいかにも固い感じの部屋ばかりで、あまり使った人もいないような気配なのがちょっと困った。なんだか裁判所に直結したでっかい留置場に騙《だま》されてとらわれてしまったのではないか、と不安な気分になったほどだ。

窓のあかない小さな部屋も困るが部屋が冷たくて大きすぎるホテルというのも考えものだ。さらにここには大きなレストランがあるのだが客は一〇人もいない。従業員はそれよりも多い様子だった。

朝食のメニューというものはなくいわゆる「朝定食」というのが決まっているようだった。殆ど相互理解のできない会話が省けるのでそれで満足だったが、出てきたものは大きな皿に「目玉焼き」が三つものっている。それにパンと妙に砂っぽい（ジャリジャリする）コーヒーだった。定食だから明日もこれと同じものになるらしい。とても目玉焼きを三個も食べられないので明日は二個にしてほしい、と「モンゴル語＝日本語簡易会話表」を見ながらウェイターに頼んだ。すると翌朝、ぼくの席には目玉焼きが三つのっているお皿がふたつ並んで、合計六つの目玉焼きがぼくを睨《にら》んでいるのであった。慣れない異国人間の意思疎通はなかなか難しい。

遊牧民の国、モンゴルでは動物は勝手にそこらの草をたべて大きくなる。世話のかかる養鶏場などないからタマゴは中国から買う高級品なのだ。だからこれは先方の精一杯のサービスとわかっていたので必死の思いで四個まで食ったがその後しばらく目玉焼きは見たくなかった。

ホテルの朝食の話をしたついでに、日本の中規模のホテル、いわゆるビジネスホテルのことについて話したい。地域差、季節差といろいろ変化の要素はあるのだが、日本のB級ホテルの朝食はほぼ平準化されているといっていいようだ。

つまり、どの地方に泊まろうとそこに出されるものはだいたいみんな同じ。

何時の頃からはじまったのか正確にはわからないが、あのブッフェスタイル――いうところのバイキング式というのがいけないのだね。チェックインのときに小さな紙に朝食券と書いたものを渡されるけれど、もうあの瞬間からすっかりチープだ。

　これを持って朝食会場にいくと、なんだか門番のような人が入り口のところに仁王立ちしている。朝食券を受け取る係だがこの無意味といっていいもののものしさにはまいります。部屋に置き忘れてきてしまったりすると取りにもどらなければならないところも多い。あんなもの、ちょっとフロントにでも電話してその人の部屋の確認をすればわざわざお客を部屋まで往復させることもないでしょうが。サービス料というのをとっているのだからそれこそがサービスというものだろう。このへん日本のB級ホテルはこぞって本質的にどこか間違えているのにちがいない。

　日本にはむかし「関所」というのがあったからなのか、こういうところでの入り口のチェックは本来の自分たちの立場を忘れて、あまり意味のない「チケットなきものは一歩も通さず」ということに力を入れてどこか本末転倒のタイドになっているのだ。

　もともとホテルなどはあんなもの発行しなくたって朝から街をとおりかかった者がいきなりやってきてタダはいりするなんてこと、まずないのだから本来はあんなもの必要ないのである。

　朝飯に沢山のおかずをならべてごはんを何度もおかわりし、しばらくするとまた来る、なんていう人もあまりいないだろうし。

　どんどん言うと、日本のB級宿の殆どのあさめしはろくなもんじゃない。記憶にある典型的な光景を思いうかべてみよう。

　和食と洋食に分かれていて料理は好きなようにとっていいから要は主食をパンにするかごはんにするか、という程度だ。

　でもって、そこにズラリと並んだ「おかず」は全国だいたい同じようなものだ。油が浮き上がったようなハムとかソーセージを煮たやつ。薩摩揚《さつまあ》げのたぐい。根菜いくつかとなにかの肉を煮たようなもの。シューマイとかなにかの小さなフライもしくはカツみたいなやつ、スクランブルエッグのつもりらしい黄色い畑のようなカタマリ。キンピラゴボウのようなもの。フランクフルトソーセージ。何かの魚を揚げたもの。そうしておしんこ漬物のたぐい。焼き鮭というのもあるが、あれはひとつひとつビニール袋に入っているやつをまとめて温めてあるだけのインチキが多い。だって朝から厨房《ちゆうぼう》で何匹ものシャケを焼いているとはおもえない。このことが代表するように、これらのおかずはそのホテルがその朝作ったものではないケースが多い。これらをその当日の朝ホテルの厨房で作るとしたらかなり早起きの従業員と手間と時間がいる。人手不足のいま、そんな人件費のかさむことをしているホテルはまずないだろう。あれは簡単にいうとホテルと提携している、あるいは子会社のようなところが毎日専門に作っているのを並べているだけのことが多いらしい。

このシステムはB級にかぎらず大手ホテルもだいたい同じで下請けにやらせるか自分の厨房でやるかの違いはあるが今は自分のところの厨房に早朝から火をいれるのはたいへんだからまず外部から、ということのようだ。

よく大手のホテルではオムレツなどを朝食会場で専門の人が作っているコーナーがあってちょっとした行列ができているでしょう。

あれをやることによって、このホテルの朝食はみんなこのように作りたてを並べています、と客に勝手に連想させるための演出みたいなものらしい。

最近になって、こういうのじゃいけない、と気がついた地方のホテルが朝食の食券をまるでカンチガイ門番のような人に渡すのではなく、箱をおいておきそこにいれて下さい、と簡素化しているところもあるし、ブッフェスタイルのメニューのなかにその地方の名物や、海に近いところなどでは地魚の刺し身をいっぱいならべている「朝刺し身」もある。カレーがあるところも気がきいている。朝、ちょっと半カレーを、なんて食欲をそそるではないか。

でも本当は、地方のホテルなどでやってもらいたいのはスクランブルもフランクフルトもいらないから、その土地の漬物いろいろ。炊きたての土地もののごはん。本格的な味噌《みそ》汁《しる》（今あるのは小さな椀《わん》の中に小さな麩《ふ》とかワカメなんかがゴミのようにひそんでいてドブ色をした味噌汁をかける――というやつだが）。地の具と地の味噌で熱いやつをもっと大きな椀で提供してほしい。この三種があれば他のおかずはなくてもいいような気がする。

朝食も一泊の料金に入っている、という考えの欧米のB&B方式がスマートでいい。ひきたてのコーヒー（カフェオレにするところが多い）にまだ温かいクロワッサン、あるいはパンケーキ。どれもおかわり自由。これでいいのだ。

第三章

アジア離島宿いろいろ

天空ハウスのまわりは好色サル人間だらけ

あやしいモノの気配のする旅の宿を思いだすままに書いてきたが、たのしい宿も当然ある。ビスマーク諸島のニューアイルランド島の宿はツリーハウスだった。

木の上に作られた家である。高い木の上、一〇メートルぐらいのところに作られているのと低い木のせいぜい二〜三メートルのところのハウスのどちらかを選ぶことになった。

ツリーハウスに泊まるなんて子供の頃からの夢でもあったから、当然、高い一〇メートルのハウスを選ぶところだったが「まてよ」と思った。そこには四泊する予定だった。聞いたらヤシ酒をはじめとしてかなりいろんな島酒があるという。海のそばの家である。長い夜の毎日はいろんなサケを飲んで過ごすことだろう。高い木のハウスに登るには三箇所で折れ曲がっている急な階段をつかうようになっている。帰宅するときはいいだろうが、ひどく酔って夜中に小便などしたくなったとき、ツリーハウスの上に寝ていることをうっかり忘れてそのままドタドタ落ちてしまう可能性がいっぱいある。見ると手すりというものはついていなかったからドタドタの次は空中でありそのあとは墜落着地である。

長くいろんなところを旅しているとバカでも経験上のいろんな知恵がついてきている。少々残念ながら低いハウスのほうを選んだ。あとでわかったコトだが、カップルはたいてい高いほうのハウスに泊まるという。まあカップルで来たらそうするだろうな、というのもよくわかる。カップルが夜になって自然に何か怪しいコトに及んでも天空であるから身も心も解放されるだろう。

天空ハウスに登るハシゴみたいな階段はヒトが登り降りするとかなり大きなギシギシ音がするようで、夜中に闖入《ちんにゅう》してくるジャマ者の警告音発信装置（偶然だろうが）にもなっているらしい。

ところでこれもあとでわかったことだが、そのあたりには小さい頃からどんな木でもスルスル登ってしまうサルみたいな育ちかたをした人々がいっぱい住んでいる。

高いツリーハウスにカップルが泊まったという情報はたちまち集落中に広まり、夜更けには大人も子供もスルスル木に登り、いたるところ隙間だらけの天空ハウスのまわりは好色サル人間だらけになるのだという。

ぼくの泊まっていた低いツリーハウスにもサルみたいにまわりの木をスルスル登ってくる子供たちがやってきた。こっちのほうは単純なモノ珍しさからの見物である。言葉は通じないけれど果物なんかをくれたりするので、途中飛行機のなかで貰《もら》ったクッキーなどをあげて仲良くなった。

ぼくのツリーハウスはそのホテルの端にあり、すぐ隣は民家だった。ぼくのところにおとずれる少年たちと親しくしているうちにその民家まで訪ねるくらいになった。

庭先で夫婦が仕事をしている。日本の大工仕事に似ていた。ちょうど日本の木造建築の柱みたいなのがやや傾斜をつけた台の上に置かれていて、その上に頑丈にくりつけてある五〇センチぐらいの長いものをカンナ状のもので削っている。細長いものの正体は小さな巻き貝をつなげたものであった。丈夫そうな紐《ひも》で全体がびっしりくくられており、カンナでその四面を熱心に削っている。だんだんわかってきたがそれは「貝のお金」を作っているのであった。ここらではむかし流通していた「シェルマネー」がまだ作られていて、主にお土産《みやげ》用らしいが納税のときにも通用するらしい。三ドルで四〇センチの長さのを買った。現地でどのくらいの貨幣価値があるのか知りたかったがためす時間がなかった。

ラオスの宿の濃厚黴攻撃

ラオスのメコン川の流域には夥《おびただ》しい島が点在しているところがある。川中島というわけだがその数四〇〇〇以上。当然有人島、無人島とあり、大きいのは一〇〇〇〇人規模の人々が住んでいる。そのうちの「コーン島（Don Khong）」に泊まったときのことだ。川岸近くに宿がある。高さ一〇メートルぐらいの崖の上にあり、島の宿としてはなかなかいいところだ。テラスがあり、そこからの眺望もいい。

通された部屋も広く、さして期待もなしに泊まったので嬉《うれ》しい誤算だった。けれど二方向にある窓はなぜか外側から板がクギづけになっていて外光が入ってこない。開閉式の窓がないから入り口のドアを閉めると真っ暗になってしまう。せっかくいい場所にあるのにもったいないなあ、と首を傾《かし》げていると、そのうちにいままで感じなかったキョーレツな異臭に気がついた。ドアを閉めるまでは外気に触れていたのでわからなかったのだが、とてつもない黴《かび》の臭いがその部屋に充満していたのだ。

湿気の多い川中島の宿だから黴臭がするのもよくわかるが、それにしても部屋のいたるところがそのキョーレツ異臭の元のようであった。

電灯を点《つ》けるしかない。島に上陸したときからエンジンの音が聞こえていたから自家発電の設備がちゃんとあるのだ。

電灯が点いてホッとした。電灯が点かず充満黴臭とローソクの灯というのではまるで怪奇の館だ。しかしけっして明るくない電灯の下、部屋の造作がちょっと異様でもある。とはいえまったく初めて見る風景でもない。映画などで何回か見ている。

ベッドの上に天井から吊《つ》るした細長い三角形の「網」みたいなものがたれさがっている。南の国などにある「蚊帳《かや》」だ。四方の裾がベッドの上にひろがっている。しかし初めて実物を見ると見慣れていないぶん異様でもある。試みにその中に入った感覚を体感してみようと一箇所をめくってベッドの上に入ろうと吊り蚊帳に触ってみるとバラバラとなにか小さなものがたくさん落ちてくる。すぐにそれがいろんな虫の死骸だということがわかった。蚊とか蛾《が》とか羽虫とかなんだかよくわからない細長いヤツとかいろいろだ。「ウヒャッ」と一瞬ひるんだが、メコン川ぞいの旅をもう一カ月ちかく続けているから、そんなこともあるだろうな、というまあ一種の「感覚的な慣れ」というものがある。

でも濃厚な黴の臭気といい、蚊帳に堆積した虫の死骸といい、この部屋には長いこと泊まったヒトがいないのだな、ということがだんだんわかってきた。

それからまた窓をすべて外側から板を打ちつけてしまっている、というのも次第に気になってきた。理由がわからないからだ。
それでもまあ、めったに川中島の宿などに泊まることもないから、もの珍しさもあり、夕刻までその宿の厨房《ちゅうぼう》にいって、どんな料理をしているのかしばらく見物したり、近くを散歩したりして過ごした。むかし日本でもよく見た「四つ手網」で魚をとっている人がいたのでどんな魚がとれるのか見物したりして、旅の途中の暇時間を楽しんでいた。
もともとラオス人というのはヒトがいい。こういう島などはヨソからお客さんがやってきてくれるのをたいていい歓迎してくれるから、会話は通じないがみんな笑顔だし、こ
こちのいい時間だった。

深夜の黴部屋に奇怪な鳴き声

夜になってくると慣れてきたこともあるのか窓を板でふさいでいる陰気な部屋の違和感は薄れてきた。しかしモーレツな黴臭は、こっちのほうも一応慣れてはきたといってももともとがあまりにも強烈なので、どこにこんなに凄《すご》い黴がはえているのだろう、という半ばヤケクソ的な探究心が募ってきた。

本格的な夜になったので部屋の二箇所にある暗いハダカ電球を点けた。

そのあかりが届く壁の端にいって手や足で押してみると、もともと全体が湿っている

からなのか、板を薄く切った壁のあちこちが腐ってフワフワしている。そのうちもっともヤワなところをちょっと強く引っぱったら簡単に割れてしまった。縦二〇センチ横一五センチぐらいの穴があいてしまった。

驚いたのはそこからいままでを上回る猛烈な黴臭が、生暖かい風とともに吹きこんできたことだった。

「しまった」という気分だ。

割れた板の一部が裏側をみせて床にころがっている。暗いハダカ電球の下でよくは見えなかったが目が慣れてくるとわかってきた。

幾重にも重なった黴がそこにびっしり堆積していたのだ。「ウぎぁあ〜」という気分だった。じわじわ理解していったのは、この分厚い黴はたまたまこの腐れ板のところだけについているのではなく、この部屋を覆う板壁全体の裏もそのようになっているのに違いない、という確信したくない確信だった。

板のむこうはいちめんの壁板と分厚い黴によって二重に覆われている状態、それがわが部屋の正体だったのだ。

気がつくとさっき点けたハダカ電球のまわりに短時間にしてはおののくような種類と数の虫どもがくるくると飛びまわっている。

どこまでもこの部屋は、そこにいるニンゲンの心を苛《いら》つかせる仕組みになっているようなのだった。

寝るときに天井から吊るされた尖《とが》った三角形の蚊帳のなかにもぐりこめるのが唯一の救いだった。

けれど長い夜の時間である。運よく持っていたメコンウイスキーを少しずつやりながら暗い電灯のあかりの下で本でも読んでいようと思った。

すると部屋のどこかからなにものかの怪しい鳴き声が聞こえてくる。それはグルグルグルトッケイ、トッケイと聞こえる。かなり大きな鳴き声である。やがてそいつの姿が見えてきた。大きなトカゲ型の生物だ。暗い緑色で口がいやらしく開閉している。カメレオンと巨大トカゲをかけ合わせたみたいで全長三〇センチはある。話に聞いていたこのあたりに生息するその名も「トッケイ」という面妖なるやつであった。

コン島のホテルは三ツ星クラス

コーン島は一泊するだけですんだ。そこから小さな舟にのって二〇分ほど、メコン川の上流にむかっているのか下流にむかっているのかわからないような複雑な水路をとおってコン島（Don Khon）にむかった。「コーン」と「コン」。おっそろしく似ているがコン島のほうが小さい。幅の広いところが六キロ。狭いところが一キロ。人口がおおよそ三〇〇人。

コン島の船着場はよく利用されているらしくしっかりした丸太や板材で作ったちゃんとした桟橋があった。岸にむかって五〜六メートルの階段をあがっていくと、土の道があり、その先に宿があった。コーン島のような木造ではなく、このような川中島でよくまあ、と思うくらいしっかりしたコンクリート造りの建物であった。通された部屋も窓がいくつもあって清潔で、昨夜の宿とはまるっきり違う。嬉しくなった。

ベッドも清潔そうで、薄いシーツが二枚あった。コーン島の黴臭部屋とちがって天井からの吊るしタイプの蚊帳もなく、かわりに蚊とり線香らしいものがあった。日本の渦巻き型のとはちがって棒のままだ。火をつけてみないとわからないが一時間もつかどうか。場所をみつけて何本かつければ、と判断した。南のこういう宿にはいろいろ泊まったがとにかく夜やってくる虫には悩まされる。

それに昨夜やってきたおぞましい巨大トカゲ型の怪物「トッケイ」もこの島にやってこないとはかぎらない。

このホテルはどこかの外国人が経営しているらしくレストランがしゃれていた。ホテルの前の岸に張り出した高床式になっているのだ。大きな窓はあいたままで、端のほうの席に座って窓から下をみると、流れていくメコン川の支流のそのまた支流らしき小さな水路が見える。ホテイアオイのようなものがかたまって流れている。薄いコーヒー色に濁っているので魚の姿はみえない。

ありがたいことに、そして信じられないことに冷えたビールがあった。自家発電をして冷やしているらしい。思いがけないシアワセである。皿にのった三種類ぐらいのそれぞれ風味のちがう料理がだされ、主食はコメだった。それだけでも十分。

思えば昨夜のめしはまだ夕闇がくる前に黴部屋の外にある小さなテーブルで食べた。宿の人も暗い黴部屋で食事は気の毒と思ってくれたのかもしれない。

そこにはビールはなく、なんだか少しドロ臭い味のするメコンウイスキーしかなかった。

昨日、なかなかワイルドな川中島ホテルの体験があったからその日はまったく三ツ星ホテルに泊まるような気分だった。

食事が終わる頃、ホテルのお姉さんが椰子《やし》の実の上のほうに穴をあけストローを差し込んだものを持ってきてくれた。トッケイがやってくるのとはずいぶんちがう。

部屋で飲むといい、とおしえてくれた。水筒のかわりのようだ。それとは別にぼくはこの旅のために頑丈な水筒を持ってきている。

そこに沸騰した湯をいれてもらい、シアワセな気持ちで部屋に戻った。

食事をしているあいだにホテルの人が部屋の大きな窓にこまかい目の網カーテンのようなものを張っておいてくれた。網戸みたいなものなのだろう。あちこち小さな穴があいていたし四隅にも隙間がいっぱいあったからどれほど虫除《むしよ》けに役立つのかわからなかったが、その心づかいがありがたかった。自家発電の電灯は夜一〇時までついていた。

第四章

シベリア・モンゴル・北極圏　宿泊は時にタタカイだ

旧ソ連の空港は常に〝難民状態〟

日本にもリッパな「冬」があるが、温帯に位置する日本の冬の寒さなど「寒さ」のうちに入らない、という話をこれからしばらくエラソーに書いていきたい。

ぼくがこれまで体験した最低気温は、シベリアのオイミャコン郡のウスチネラというところだった。まだソ連（ソヴィエト連邦）というあぶなっかしい連合国家が成立しており、アメリカを中心とするいわゆる「西側諸国」と冷戦状態にあった頃だ。

シベリアを取材するチームの一員として二カ月の冬の旅に出た。まずその「ソ連」を構成するひとつの国、ヤクート自治共和国（今のサハ共和国）にむかっていた。

けれどモスクワの空港に行って驚いた。国内の航空路線はその日によって状況がまったく違ってくる。シベリアは広く、目的の東シベリアまでジェット機でも当時九時間かかった。

飛行機が飛び立つには規制や条件がいろいろある。モスクワから飛び立てても九時間後の目的地の気象条件（とくに気温）がまず第一の問題になる。あまりにも低温だと着陸できないから、すぐに欠航になる。

シベリアといったら日本でもお馴染《なじ》みの「シベリア寒気団」の発生する場所だ。真冬はまずその動きに左右される。欠航が連続し空港の国内便の待合所は飛行機を待つ人々でごったがえしていた。

当時のソ連は乗るべき飛行機が欠航したからいったん家に帰って出直す、などということができない仕組みになっていた。乗れる権利はまずは「順番」の既得権になる。順番がくるまで空港で辛抱強く待っているしかないのだ。それも平気で一〇日待ち！　などということになっている。

ドメスチックの待合室はそういうヒトであふれかえっていた。暖房は一応入っているがロシアらしく場所によって効いたり効かなかったりとマバラである。

人々は先刻承知でそれぞれ毛布などを持ち込んできており、何か食べたり寝ている人々などでごったがえしていた。光景としては難民の群れそのものである。

聞けば、国内便はいろんな路線があるけれど、みんな同じような条件のなかにあるので冬のあいだはとにかく空港は毎日そういう状態になっているのだという。

その段階で、この連合国家の人々は「待つ」ということに並はずれた対応力や耐久力がある、ということを知った。

そういうことに慣れていない我々は対応力も耐久力もない。どうなることかとややうろたえていると、外国人の優遇措置みたいなものがあるらしく（いま思うとチームの上のほうの人とロシア側とでワイロ交渉のようなものがあったのかもしれない）出発可能になると我々は優先して搭乗できることになった。

難民状態で待っている三〇〇人ぐらいの大勢の人々になんとなく見られないようにしてセコセコと搭乗待合室に行った。

そのときモスクワはマイナス二〇度だった。離陸できる条件だが、そういう状態に至っても目的地の気温変化に左右される。

搭乗のチケットを手にしていても、条件待ちになるなんてのはそれこそザラのようで、飛行機に乗れて座席に座りエンジンがかかっても離陸できず待合室に戻され、それから数日がかりの待機状態になるのも稀《まれ》ではない、と随行のロシア人（ＫＧＢだった）に冷たく言われていた。

機内には座席のない「立ち乗り」の人々が

こういう極寒の空を長い時間飛んでいく飛行機は「寝るだけ」しかやることがない、

ということと、極寒というのは体を芯から冷やしていて、その蓄積がそうとうの疲労感になっているから「寝る」にはちょうどいい条件になっている、ということを体感した。なんとなくSFにおける恒星間ロケットの冷凍睡眠の話を思いだした。

飛行機に乗ると本や雑誌などを読むひと、個人用のTVで映画を見るひと、何かの仕事をするひと、飲んでいるひと、などがいるが、その当時のロシアの旅客機の照明は豆電球というようなもので信じがたいほど暗く、三〇分以上本を読んでいることができないくらいだった。しかし、それさえ視力のいいひとに限られる。ぼくは当時は抜群に目がよかったので文庫本を読んでいたが、同行の年配のひとにびっくりされていたものだ。食事の時以外にサケは出ない。

長時間飛行の場合は映画などを見る方法もあるが、当時は映写機でないと映画は映せなかったので、それは夢のような話だ。

音楽を聴いている、というテもある。ぼくは出始めたばかりのウォークマンを持っていて音楽を聴こうとしたが、愛想というものがまったくなく、むしろ何が気にいらないのか常に怒っているような年配の客室乗務員が「電波が出るから使うな」とやはり怒った顔で言う。

「これはカセットテープが回っているだけで電波など出ないのです」と言いたかったが、

そう伝える言葉がわからない。そしてロシアにはまだウォークマン的なものが存在していなかったから、説明できたとしても理解はしてくれなかっただろう。

マイナス六〇度ぐらいの空中を飛んでいるのだろうから暖房をつけていないわけはないのだが素手で本を持っていると痛いくらいだからえらく効きが悪いのだろう。

ロシア人のおばさんなどはそういうことをよく知っていて、みんな持参のこぶりの毛布を頭からすっぽりかぶっている。

日本の新潟あたりでみる「かいまき」というのに似ている。男も綿の入った重い外套《がいとう》を頭からかぶっているひとがいた。

長時間飛ぶ飛行機の楽しみといったらあとは食事ぐらいだが、アルマイトらしきトレイの上にメーン料理とパンとウオトカの小瓶と粉っけのあるコーヒーがのせられてきた。ロシア語を読めるひとが「若鶏《わかどり》のフライです」と教えてくれた。しかしこれが固い肉で、歯の弱いひとにはとうていかみ切れない。

「これは八〇歳ぐらいの若鶏ですな」ロシア語を読めるひとがなかなか気のきいたことを言った。

これを食べおわるとやることはなく、あとはつまり「寝る」だけだ。その前にトイレに、と思って後部にあるトイレに行ったら驚いた。あれは何というのだろうか、自分の座席がなく乗っている客が何人もいるのだ。「立ち乗り」というには無理だからまあ「しゃがみ乗り」だ。みんな後部の通路やトイレのまわりに座っている。ざっと一〇人ぐらいはいただろうか。

空港の飛行機待ちロビーにいた大勢の人々の姿を思い浮かべる。ああいう人々のなかから「何かのやむにやまれぬ事情」で席なしの条件で乗ってきているひとのように思えた。いやはやロシアというところは実に凄《すご》い。トイレのドアによりかかって寝ているひとにどいてもらって用をたした。用をたしてドアをあけて出ようとすると、さっきドアにもたれて寝ていた人がまた同じ姿勢で寝てしまっているらしくドアがあかない。セッチン詰めだ。ドアの下の方をガンガンけとばしてそいつを起こし、なんとか出た。

それから自分の席に戻ったがあとはひたすら寝るしかないということがよくわかった。

「剣山」で顔を叩かれるような衝撃

目的地のヤクート自治共和国はマイナス四〇度だった。空港に着陸したがすぐには降りられない。それよりもっと寒いシベリア上空を九時間も飛んできたからだろう、飛行機のドアが凍結してしまっていて、簡単には開かないのだ。開けるには専門の自動車がやってくる。何をするかというとちょっとした火炎放射器のようなものでドアのまわりを温めるのだ。溶接の逆。溶解ということになるのだろうか。

外に出ると顔が空気に触れて痛い。華道で使う「剣山」でまんべんなく顔を叩《たた》かれているみたいだ。一分間で髪、髭《ひげ》、睫毛《まつげ》などのすべてに氷がつく。呼吸の吐息が付着してすぐ凍るからだ。異様な世界だった。

昼は四時間しかない。太陽が出ても遠くのタイガの上あたりまでやっとのぼり、あとはだらしなく横に転がるようにして、午後三時には力つきたように大地に落ち完全な闇になる。

古めかしいホテルはどうなっているのだろう、と気がかりだったが、驚くくらい暑い。最初はその暑さに気がつかなかった。フロントのロビーまではふくらんだ防寒着にブーツ、消防士がかぶるような防寒帽で身を固めていたのだ。自分の部屋に入ると、やがて全身から汗が噴き出しているような気がした。気持ちではそんなことはあり得ない、と思っていたが、気持ちと体の感覚が遊離しているようだった。あまりにも気温が低いところにいると、体の温度センサーが麻痺《まひ》してしまうらしく、しばらくは部屋の中の異様な暖かさ（というかむしろ暑さ）がわからなくなってしまうらしい。

急いで防寒服を脱ぎその下に何枚か重ね着している防寒下着姿になる。やはり全身から汗が噴きでていた。やや気持ちを焦らせながらその暑さの原因をさがす。

やがてわかってきたのは部屋の二箇所にあるなにかの合金で出来ている大きな放熱装置からの暖房の熱が強烈なのだった。素手で触ると火傷《やけど》するくらいの熱さである。あとでわかってくるのだが、こういう極寒地では暖房が生命線だから、街中にかなりごつい温水循環パイプがはりめぐらされていて、その暖房装置には殆《ほとん》ど熱湯が循環しているのだった。それらは温度調節することができない。ロシアをはじめとした当時のソヴィエト連邦のこうしたインフラは元から末端にいたるまで頑丈で無骨で融通がきかないというところで共通している。

その部屋で過ごすにはTシャツとパジャマのズボンぐらいになっていてもまだ暑い。部屋の温度を下げるには窓をあけて外気を入れるのがてっとり早いだろうと気づいた。

しかし窓は「三重」になっていた。三つの窓はガラス戸とガラス戸の間にそれぞれ五センチぐらい間隔がある。内側の窓は普通に開いた。二番目の窓は何箇所かの内鍵がある。しかし外側の窓はどうしても開かないようになっていた。よくみると一番最後の外に面したガラス戸には内側と外側にがっちり「目張り」がしてあるのだった。

極寒地ではそのくらいまでしないと室温を保つことができないのだ、ということにだんだん気がついてくる。内側のふたつの窓を開けたままにしておくと外からの冷気が入ってきてそのそばにいるとホッと一息つける。いやはやなんていうことだ、とあきれたり感心したり、というのが最初の大きな感想だった。

その地からさらに一カ月奥地にはいることになる。不思議な体験がそこからはじまった。

揚げたてピロシキを食べるには……

暖房装置がきちんとあるのは有り難いが効きすぎる、というのもいろいろ困る。部屋から外に出ると廊下だがそこは暖房効果がわずかで、食堂も同じようなもの。だからホテルの中であっても部屋から出る時はまたそこそこの厚着をしていかねばならないのだ。外出となると支度に一〇分はかかる。暑い部屋での支度で汗をかいてしまうから、それが問題ということに気がついてくる。部屋の温度が二五度とすると（本当はもっとありそうだが）マイナス四〇度の外とは六五度の落差がある。汗などすぐに体の表面で凍ってしまう。体によくない筈《はず》だ。

シャツ一枚でも暑い部屋と極寒の外が精神的にも体感的にも直結せず、そこそこ厚着でないと寒いくらいの廊下や食堂があるのは、体を慣らしていくのに必要なのだということに気がついてくる。

シベリアではいろいろなところに泊まったが、もうひとつ不思議なのはどの宿もベッドが冗談のように狭く細長いことだった。ロシア人は男女とも巨大な人がけっこう多い。そんなでかい人が寝るのに大丈夫なのか、と思うくらい狭く細長いのだ。寝返りしたら墜落してしまいそうなところもあった。

水がすさまじくまずい、というのは前に述べたとおりだ。洗面所から出てくる水は場所によっては茶色がかっていたり嫌な臭いがしたりで、これが「飲めるのだろうか」と心配になるほどだ。

まずいのは水だけではない。

ホテルの朝食もまた実にあじけなく質素だった。ひとつだけありがたいのはソークと呼ぶなにかの果実ジュースのようなもので、これには錆《さび》や黴《かび》の臭いはない。ただしリンゴジュースを一〇倍ぐらい薄めたようなたよりない味だ。これに粉っぽいコーヒー、固い黒パンの薄切り、なにかの腸詰め肉を薄く切ったもの——で以上おわり、というかんじで温かいのはコーヒーだけだ。夕食はボルシチやサリヤンカといった温かいスープにありつけるが、一番うまい揚げたてのピロシキはまず出てこない。あれは家庭料理なのだということを知った。

街角で農家のおばさんみたいな人が用心深くドンゴロスの袋を持っているのを見かけたらあとに付いていく必要がある。どこか物陰にそれを置くと中にピロシキが沢山入っている。気がついて並んだ人にものすごい速さでそれを売ってくれる。一般の人がそのようにモノを売るのは何かの違反になっているようなのだ。ロシア式突発的ファストフード店みたいなものだ。しかしこれがたいへんうまい。

ホテルの高級料理はメンチカツみたいなものや淡水魚の揚げ物などが多く、これはたいてい冷えているからあまりうまくない。

ねじれた幻想の街

首都ヤクーツクの古い木造の建物はたいてい傾いている。それも一軒ずつそれぞれ勝手な方向に傾いていて、道を歩いているとなんだか「ねじれた」幻想の国にさまよいこんだような気分になる。

どうしてそうなるかというと街全体が永久凍土の上にあるからなのだった。一年を通して（というよりもたぶん太古から今日まで）その街の大地は平均して地表から数百メートルぐらいまで凍っている。夏になると表土から一〜二メートルはわずかに解凍されるが、夏は短く、すぐにまたがっちり凍る。

建物は、そういう不安定な大地の上に建てられるから土台として地中に打ち込んだ杭《くい》としての柱が夏になるとあちこちに動く。それと同時に家全体が動く。動いてまた凍結のために固定される。そういうことを何十年（いやたぶんもっと長期に）繰り返しているから、家ごとに方向のちがった傾斜ができ、全体が歪《ゆが》んだ恰好《かっこう》になる。家の三分の一ぐらいが地中にめり込んだ家があるかと思うと、その隣の家は家の真ん中だけが塔のようにせりあがり、左右が別々の方向をむいて傾いている、といったあんばいだ。じっくり見ていくと頭がおかしくなりそうだ。

宿泊はしなかったが、そういう一軒でお茶をごちそうになった。

「部屋によって家の傾きが違うのがなかなか神経には負担になるようで慣れるまではめまいや頭痛がおきていました」

とそこに住んでいる人が言っていた。傾きの違いを知るには水の入ったコップを持っていくとその傾き方向がわかるという。わかっても何かが解決するわけでもないのだが、視覚と神経のバランスのために、いま傾いている方向を知っておくのが結構大事なのだという。

こういう木造の家は神経のバランスを壊して健康に悪いので政府は傾かない家を作っている。長さ一二～一八メートル、直径五〇～一〇〇センチの鉄筋コンクリートの杭を何本も永久凍土のずっと下にある岩盤に打ち込んで地表に二メートルぐらい突き出るようにする。それを土台にして五～七階ぐらいのコンクリートの建物を作る。

住居は傾かなくなり、大地から離れることによって暖房効果も高まるから、人々のあこがれの住居になる。

街には「居住霧」という特殊な霧が毎日出る。街があるとまあ当然ヒトが暮らしている。その人々のすべての吐息が空中で凍り、すぐに霧になる。馬、牛、犬、ネズミすべての生物にあてはまる。クルマの排気ガス、家庭で煮炊きするときの湯気……それらが空中に出るとすぐに霧になるのだ。

人々は霧のなかをしっかりした足取りでいく。たいていフェルトの靴をはいていた。そのほうが暖かく滑らないのだという。

走っているクルマはタイヤに鎖などまいているのは一台もなく、むしろ日本でいう凹凸のなくなったボウズのタイヤのほうが多い。マイナス五〇度ぐらいまでは平気で下がるところだが、そういう極低温の道路を走るには道路とタイヤの接触面積が大きいほど走行が安定するからなのだという。

人間は必ず手袋をしている。もしうっかり外で鉄を素手で握ってしまったりしたら手の皮膚が密着して離れなくなってしまうそうだ。命を助けるためには手の皮膚を切り取らねばならない。本当のことである。

ここらではそれを「鉄が食いつく」というらしい。

日が暮れるとなるべく早くホテルに帰る必要があった。そして暖房の暑すぎる部屋で退屈な長い夜を過ごさねばならない。

黒毛の馬に乗っていたはずだが……

永久凍土というのは当然ながら植物にも直接影響する。頭で考えるだけでわかるが根の育ちが通常温度の土に伸びているのとまるで違っているからだ。シベリアの広大な森林地帯はタイガと呼ばれているが、そこに生えている木はみんな拍子抜けするほど痩せて細い。まあ凍っていても木の根は水分を吸収するが、木の生長を助ける太陽の力が弱い。森林限界ぎりぎりの緯度だから仕方がないのだろう。

タイガを越えていくには馬に乗っていくしかない。馬の吐く息は口からでたとたんに凍る霧のようになり周囲にひろがるからどれも小さな蒸気機関車のように見える。

馬はたいへんだろうが乗っている方からすると力強く見える。

ぼくはタイガをいくために街で着ていた服よりももっと保温力のあるものを与えられた。熊毛皮でできた上下の服だった。厚みが一〇センチはある。いちばん上にこの上下を着ると自分で自分の足元が見えなくなる。巨漢の相撲取りの視覚ってこんなものだろうか、などと考えてしまった。

この超厚着で馬に乗るのは大仕事だ。さいわいぼくは世界のいろんな国でいろんな状況のなかで馬に乗ってきたので、苦労はしたがその厚着でなんとか馬上の人となれた。

そうしてごく普通のようにたづなをゆるめて腹を蹴れば機関車みたいに馬はすすむ。それにしても極限地帯に生きる生物は大変だなあ、とつくづく思う。よく考えるとマイナス五〇度の中でかれらは「ハダカ」なのだ。もちろん全身に毛がはえ、その下には土地に順応して温暖なところの馬よりもはるかにぶ厚い皮下脂肪を蓄えている。

タイガは栄養のない土壌なので樹木はわりあいまばらである。疎林というやつだ。だからそういうところにくるとマイナス五〇度でも馬群の親方は馬に早足をさせる。馬というのはやるせないくらい温順な生き物で、そんな環境のなかでも早足で進むのだ。

馬に乗ったことがある人はわかると思うが、乗馬というのは馬が歩いたり走ったりする動きにあわせて体のリズムを作る。スピードの調節はたづなの引き具合、それに横腹を叩く靴の合図がブレーキとアクセルの関係になる。このリズムはそれぞれの馬の個性によって微妙に違うから、馬の上の人間は絶えずバランスをとっていくことを強いられる。

これはしばらくすると自然に慣れていくものだが、場所によって怖いのは「落馬」である。そのときは三時間の距離だったし短い隊列だったからその恐怖はなかったが、こういう極限の土地での長い距離の旅となると落馬して馬に逃げられ、先行している仲間がそれに気がつかなかったらいきなり危険度が増す。

そのタイガ一帯に精通していないかぎり、タイガの中はどこも同じように見えるからだ。そこにちょっと強い風でも吹いてきたらたちまち地吹雪《じふぶき》となり、落馬した者も、それに気がついた仲間も早いうちにめぐり合える望みは時間の経過ごとに薄くなっていく。落馬した者が二〇分以内に発見されなかったら疲労と凍死がすぐにやってくる。

三〇分ぐらい走って一休みとなった。少ない隊列だから落馬の行方不明者がいたらすぐにわかる。ぼくは馬から降りて自分の乗っていた馬を見て自分の頭が寒さでおかしくなったのかと思った。黒い毛の馬に乗っていたはずなのが「白馬」になっていたのだ。理由はしばらくたってわかった。

ロシアの裸のおばちゃんが「オーチンハラショー」

馬は極寒の地でもハダカである。いくらマイナス五〇度といっても馬だって三〇分も走れば汗が出てくる。その汗は馬の全身の毛にくっつき、それが瞬時に凍っていく。「白馬」と見えたのは「全身に氷をまとった馬」だったのである。

顎の下に一五センチぐらいのツララがある。それは馬のヨダレが凍ったものだった。

顎の下ではなく額の上にナナメについていたらユニコーンみたいになったところだが残念。

田舎《いなか》でもソホーズ（農場）みたいなところの宿に泊まれる。でも常時泊まっている人がいなかったりするといろいろ困ったことがおきる。

とくに水関係だ。湯は生命線だからヒトがいるところに必ずあるが、水はインフラがしっかりしていてきちんと管理されていないと配管が凍ってすぐ破裂してしまうのでまず出ない。湯を冷やして水にして使う、という考え方でそれは前に書いたがおそろしくまずい。

その日、泊まったところは洗面所があってバスタブに湯をためることができた。でもこの湯が沸騰しているようなやつで、おまけに錆が溶けこんでいるからなのか赤茶色だ。風呂には一〇日ぐらい入っていなかったからなんとかそれが冷めるまで待っていようかと思ったが、同行している人が外の雪や氷を入れて冷やす作戦を提言した。そこで三人で外から雪や氷をいっぱい運んできてどんどんそれを入れた。けっこう熱いしぶとい湯で、なかなか適温にはならない。あまり冷ましすぎてもいけない。そうなるとまた熱湯を入れて調節することになる。なんだかんだでバスタブに入れるまで一時間ぐらいかかったが、適温維持、というのが難しい。ゆっくりあたたまる、などということは夢のまた夢の話だった。

場所によってはサウナがある。ロシアではバーニャーと呼び、驚いたことにここには男女が素っ裸で入る。混浴というか混蒸気というか、とにかく日本の温泉の混浴よりももっと近接していて双方あっけらかんとまったくの裸なのだ。

でも照明がローソクのように暗く、混浴する女性はロシアの巨漢おばちゃんが殆どだったし、熱い蒸気で頭がカッとしているから通常の神経ではいられず「色っぽい」気分とはほど遠い。

それから困るのはやっぱり「水」がないことで、熱さに耐えきれなくなると外に脱出するしかない。外はマイナス五〇度以下。そこに素っ裸で出ていくと全身から湯気が空中にあがっていくのが見える。自分の体から出ていった湯気は五〜六メートルぐらい上まで見える。しばらくは体はここちいいし、夜の闇に自分の湯気が小さな霧のようになるのを見ているのはちょっとだけ感動的でもあった。

でも二〜三分でどんどん体が冷えていく。それをこらえるところまでこらえ、やがてサウナのプラス七〇〜八〇度ぐらいのところに戻っていくときの体の反応が素晴らしい。

ロシア人の男はサウナから出ると叫び声をあげながら雪の上を転がったりする人が多い。それを見てロシアの裸のおばちゃんが「オーチンハラショー」などと言って応援する。日本人が聞くとちょっとびっくりするコトバだ。

おお！「マルちゃん」ラーメンだ

シベリアの中央あたりにイルクーツクという街がある。冬の気温は相変わらずマイナス四五度前後だったが、その都市に着いたときはもう極寒にはだいぶ慣れていた。

その街でいちばんいいホテルに泊まった。世界のいろんなところに泊まってきたが、このホテルの素晴らしさは忘れない。

ぼくの部屋は六階にあったが、もともと高台に建ててあったので眺望はとてもいい。おまけに三方向に広い大きな窓があった。

もの凄く異次元的な風景のなかを旅してきた者には信じられないような美しい風景がぐるりとあった。

ホテルの前には「アンガラ川」が流れているが、この川は氷結しておらず常に湯気を吹きあげている。ちょうど日本の露天風呂みたいだ。

あの川には温泉が流れているのではないか、といろめきたったが、現実は異次元のような極寒地帯だ。

外の気温は何がどうあろうとマイナス四五度から五〇度なのだが、そのアンガラ川の水温はマイナス一度から二度ぐらいだったらしい。外気からすると川の水はほどよく温かいことになるのだ。だから川面《かわも》からは常に大量の湯気がたちのぼっているのである。

数人の男たちがその川の縁までいって飛び込んだりしている。瞬間的に「温かい」と感じるらしい。ただし「いい湯だな」というだけのここちよさはないようだ。

その街にくる前にレナ川で釣りをした。

川の上には薄くても一・五〜二メートルの氷が張っている。

地元の人はなにかものすごく大きな手動式のドリルを持っていてそれで川の氷に直径三〇センチぐらいの穴をあけてしまう。

日本の「ワカサギ釣り」みたいにそこから釣り糸をたらし魚を釣るのである。釣りの仕掛けは擬似餌のロシア式ルアーだった。水中の魚はみんな空腹らしく、日本からみるととても粗雑な擬似餌に食いついてそこそこいいカタをした魚をあげてしまうのだ。

氷の穴の中に釣り糸をたらすとわりあいすぐにここちのいいヒキがある。合わせて垂直にひきあげていくとスズキの仲間のオークニとかオムリという二〇〜三〇センチクラスの魚があがってくる。針を外して氷の上におくと、ピクッピクッと二〜三度跳ね返り、三〇秒もしないうちにピン！　と動かなくなり、そのまま冷凍化していく。これも川の中より空気中の温度が五〇度ぐらい低いからだ。

だから人間だって川からあがってきてそのまま濡《ぬ》れた体でハダカでいればぴくぴくっと三度ぐらいフルエてかたまり、冷凍人間になってしまう可能性がある。そうならないために氷上にサポートの人間がいてタオルで全身を覆い、近くの焚《た》き火《び》にすぐに連れていく。

この湯気をあげる不思議なアンガラ川のまわりには沢山の樹林がひろがっているが、みんな真っ白な樹氷となっているから美しいのなんの。

イルクーツクはシベリアのパリと呼ばれているが、たしかにそのおもむきはあった。ぼくも真冬のシベリア二カ月の旅のうち、このホテルに滞在していた三日間はしあわせだった。なにしろそれまで見たことがなかったツボルグ（デンマークのビールメーカー）のビールと、なぜかインスタントの「マルちゃん」のラーメンがあったのだ。ぼくはすぐさまビールもラーメンもみんな買い占めてしまった。買い占めたといってもそれぞれ五個ずつぐらいだったけれど。

「見ないフリ」のウェイトレスを探せ

イルクーツクあたりだと、街に大きなレストランがいくつかある。美しいホテルに泊まっていたが、ホテルのレストランは昼はやっていないのでそういう街のレストランに行かなければならない。なにごとも大時代的な国柄を反映して簡単にサンドイッチを店先で買ってすます、などということはできない街のつくりになっているのである。そもそも大衆食堂などというものは見つけられなかった。

だから昼飯を食べるのも大仕事になる。まず予約しておく必要がある。そして予約時間になって店に行っても、時間どおり開いているとは限らない。行列を作って待っていなければならない。やがて入り口が開くと、まず怖い顔をした老婦人にコート類を預けるのだが、これがスローモーで、いちいち預け票と預かり票のやりとりがある。ずっと昔の日本の役場でよく使っていたカーボンの写しみたいなやつだ。それがすむと（一〇分ぐらいかかる）やっと決められた席に行くのだが、それぞれのテーブルには係のウェイトレスが決まっていて、そのヒトでないと注文できないしくみになっている。共産主義のサービス業というのは忙しくても暇でも同じ賃金だから、みんなできるだけ働きたくない、という気持ちで共通している。だからできるだけ自分の席に客がきてほしくないのだ。したがって違うテーブルの係がすぐ近くにいても注文は聞いてくれない。

したがってレストランのテーブルについて客がまずやることは遠くにいてこっちを見ていないウェイトレスを探すことである。こっちに背をむけて「見ないフリ」をしているウェイトレスがそのテーブルの担当者なのだ。

客としてきた我々が六人いるとすると、全員で「あれだ！」という後ろ姿のウェイトレスを見つけ、みんなで必死の念力をおくるのが最初の作戦だった。嘘《うそ》のような本当の話なのである。

我々の念力が効いたのか、あまりいつまでも知らないフリの限界を感じてのことか、やがて担当のウェイトレスが「コンチクショウ」という顔つきをしてやってくる。コートを預ける手続きをしてウェイトレスに来ていただくまでヘタをすると三〇分ぐらいかかってしまうことがある。それからメニューを見て注文する。

なんとか注文できたとホッとしていると、まず一〇〇パーセント、ウェイトレスはまた戻ってくる。

注文した品物のいくつかは「ない」か「品切れ」ということを言いにくるのだ。だんだんわかってくるのだがその当時のロシアのレストランは、最初からできない品物をメニューに書いてある場合が多いのだ。

慣れてくると「今食べられるものは何か」と聞くのがいちばん賢い。

でもっておいしそうな品物はまずない。

いちばん多いのが鶏のカツや腸詰め肉のスープだった。それにパンを組み合わせて食べる。しかしこれらはたいてい固くてまずい。

大きなレストランになると大きな舞台があってそこにバンドが入っている。三〇分間隔で演奏が始まるのだが、この音がめちゃくちゃバカでかい。右翼の街宣車のスピーカーの音量といい勝負だ。これが始まるとテーブルをはさんでの会話は無理になる。ひどいところでは隣の人との会話もできないくらいになるのだ。曲はたいていロックだ。最初の頃に期待していたここちのいいロシア民謡の演奏など一度もなかった。

でもロシア人はこの大音量のロックが大好きで、これが始まると太ったロシアのおじさんおばさんがわさわさいってダンスを始める。黒熊さん白熊さんのダンスのホコリの中で我々はうんざりしてうつむいている。

マイナス四〇度。極寒のフィルター

それから三〇年ぐらいして同じロシアでも北東シベリアのチュコト半島に行ったときはだいぶ様子が違った。

ユーラシア大陸の最東端のあたりである。北海道からヒコーキで行けば三時間ぐらいで着けそうなところだ。しかし大陸もここまで端っこになると恒常的なルートというものがなく、日本から行くのにはいったんアメリカに渡るしかない。そこからじわじわ軽飛行機でベーリング海峡ぎわの極北の街に近づいていくのだ。ノームというところからやはり軽飛行機でベーリング海峡を飛び越えると、着陸地はプロヴィデニアというロシアの辺境の街である。

むかし（東西冷戦の頃）は人口二万人の大きな街だったという。しかしそこは、ロシア（ソヴィエト）からアメリカに一番近い戦略拠点地区でもあったので、アメリカ方向にむけたミサイルが林立し、住んでいる二万人の殆どは兵隊だったのだ。

その街で出会ったウラジミールさんというなんだか懐かしい名のロシア人は「ここは核戦争でボロボロにされたような光景の街」とたとえてくれた。

行ってみると二万人の兵士を擁した鉄筋建てのビルがまだあちこちに残っているが、軍の撤収で今はほとんど無人。だいぶ整理したというが、当時の軍事施設などが、やはり半壊状態で残っており、瓦礫《がれき》ばかりだ。実際核戦争で破壊されなくても時代の経過によって結果的には同じような廃墟《はいきょ》状態になっているんですよ、と言ってウラジミールさんは笑った。

現在住んでいる人はその風景の衰退ぶりを見ればだいたいわかる。棄《す》てられた街であるから観光客などいるわけはなく、まだ居残っているロシア人はわずかな軍事関係に従事している人とほかに行くところがなかったような民間の老人たちが極寒のなかでひっそり暮らしている。むかしの日本のヨロズヤのような店が二軒、辛《かろ》うじて生活用品や簡単な食料などを売っている。きまぐれにひらく食堂が一軒。ホテルというものはなくウラジミールさんが奔走してくれて廃墟ビルの中の、まだなんとか電気と水熱源のある部屋を借りてくれた。暗い階段を登った四階にその部屋はあった。キッチンとリビング、ふたつの寝室。暖房は火力発電所で温められた湯が太いパイプで送られてくる。数十年前のシベリア横断のときによくお世話になったのと同じシステムだ。

食事の世話をしてくれるおばあさんが近くに住んでいて通ってくれる。そのおばあさんから見れば、どこの国ともしれない異国人にいったい何を食べさせたらいいのだろうか、と頭を痛めたコトだろう。

でも結果的にいうと二カ月以上にわたる冬季シベリア横断の旅のときよりも、このまかないつきの民宿のほうがいつもできたてのおいしいものを食べることができた。ボルシチは熱々でたっぷり。酸っぱいサリヤンカなどはしみじみおいしかった。さらにここではロシア風のうどんというかスパゲティのようなものが出て、麺好きのぼくは大盛り食いつつおかわりがありますかといつも確認していたゴチソーだった。

夕食のあとに外に夜景の撮影に出たが、夕方から早くも一〇度ぐらいは温度が下がっているようで、マイナス四〇度ぐらい。外灯のまわりなどその寒さが不思議なフィルター効果をだしてくれて、思いがけないような幻想的な風景がたくさん撮れた。撮影が終わって部屋に戻ってくると、ヤクートほど部屋の暖房は強くないので、汗の心配をしなくておちついて着替えられ、さびれて朽ちかけたようなこの街も、宿のすみごこちといったらなかなかのものだった。

戦車のような雪上車で少数民族の集落へ

プロヴィデニアに行ったのは二〇〇六年頃のことだったが、本当に廃墟と思われる巨大で暗い無人地帯が多いところなので、厳しい極寒の気象環境とあわせて観光客などが間違えても足を踏み入れる要素はまるでなかった。

ぼくがそこに行ったのは行政が機能してから外国人探訪者としては五人目だ、と言われた。ウラジミールさんは「ほかにも来ている人があるかもしれないがそれはきっと逃亡者だ」と言った。

その逆はあった。長い秘密の時間を経てあきらかになったのは、この近くに大戦後の強制収容所があったということだ。単にポーランド人、というだけでここに捕らわれた人が二年かけて故郷まで脱走したことを書いた本がある。厳しい強制労働のために命を落とした人も相当数いるらしい。ここは「来る」ところではなく「押し込まれる」ところだったのだ。

ぼくは四人のチームで取材のためにやって来たのだが、最終的な目的地はそこからさらに東に三〇キロほど山越えして行くチュコト半島のノヴォ・チャプリノというネイティブの暮らしている集落だった。

そこまで行くと、もう本当にユーラシア大陸のどんづまりの半島で、そこから東には雪男みたいな世捨人《よすてびと》、特別な耐寒身体構造をしている生物でないと生息は無理だろう。ノヴォ・チャプリノには、五〇〇人程度の人が住んでいる。雪の中に住み、アザラシ、セイウチ、クジラなどの海からの狩猟で生活している。東の極北文化圏のエスキモー、イヌイットとほとんど同じである。少数化したといってもユピックという立派な民族である。

そこに行くにはプロヴィデニアから特別車に乗って行くか犬ゾリで行くか、あとは徒歩しかない、と言われた。徒歩でブリザードに遭遇したらまず死ぬだろうと。

不定期ながら特別車に乗りこめた。全体が戦車そっくりの形をしており左右に巨大なキャタピラがあって、全体が真っ黒。砲塔があったら完全な雪の国の戦車だ。

乗る前に書類にサインする。なにか事故があって死んでも一切責任を問わない、という例のやつだ。ほんの四〇日ぐらい前に吹雪の峠から同じ型の雪上車が転落して死傷者が出たという。

最前列の座席に六人も座れるようになっている。ぼくは写真が撮りたかったのでそこに座った。走りはじめると物凄いエンジンの爆裂音、正面の窓にはたちまちブリザードが直撃してきて何も見えなくなってしまった。運転手にならってこまめに布でフロントガラスの内側を拭くしかない。こんな戦車みたいな雪上車にも粗末ながらちゃんと暖房が装備されていて、それと人の息で窓ガラスはたちまち曇るのだ。

車内の後ろのほうの席の乗客は早々に寝てしまっているようだ。

一番の難所は峠越えで、以前の事故もここでおきたらしい。キャタピラ車は真っ直《ま》ぐ《す》や真下に進んで行けばかなりの傾斜にも強い。危険なのはルートの先に左右の傾斜があったとき、キャタピラはこの横の傾斜に驚くほど無力だ。ちょっとした傾斜だからなんとか乗り越えられる、と思っているうちに気がつけば横滑りだ。そうなったらブレーキはなんの意味もない。傾斜がどうなっているのか惑わせるのはブリザードによる視界不良が殆どだがそのブリザードの出現はなかなか予測できない。

人間の姿を見るとすぐに大型犬が

ノヴォ・チャプリノに行った日本人はぼくで五人目らしい。ユーラシア大陸の本当の東のはずれ。最後の集落といっていい。

戦車から砲塔をはずしたようなごっついキャタピラ車でガリガリゴリゴリ峠を越えた。おだやかな天候だったので不安なところはまったくなかった。峠といっても日本的な感覚でいう急峻《きゅうしゅん》な山道、というわけではなくロシアの峠というのは緩やかな山を越えていく程度のことなのだ。でもその途中でブリザードに襲われると風よけがないためにひどいことになる。峠越えの危険度の意味が違うのだ。

目的地目指してなんとか道らしく見えるところをとにかくガリガリ進んでいく。やがていくつかの小山を越えていくとちょっとした集落が見えた。目指すロシアの極北民族「ユピック」の住むところで、大きなカマボコ型をした建物がひとつやたらに目立つ。泥炭を燃料にした火力発電所で、高い煙突から元気よく煙が上がっている。村の心臓といっていい建物だ。

集落の建物はまだ新しくきれいに整っていた。このあたりのリーダー、漁業組合の組合長の自宅がホームステイのお宅だった。ここに来るまえに聞いていたのは今でこそ氷で作った家・イグルーはなくなったものの、粗末な木材で作ったバラックのような家しかなく、トイレなどは家の中のバケツですます、というのでそれなりの覚悟をしてきたのだが、その情報は古く、二〜三年前にそれらの古い建物は断熱ボードによるツーバイフォーのような組み立て式家屋にそっくり替わって近代生活をしているのだという。それなりに極限の生活を覚悟してきたのでちょっとはぐらかされた気分だ。まあそういう家の寝泊まりは快適だろうけれど。

行政がそのような改革を実行したのではなく、このあたり一帯を統治しているアブラモビッチさんというとてつもない富豪がいて、その人が行政にかわってそういう改革をしてくれているのだという。

行政とどういうからみになるのか、そのあたりのことはよくわからない。

ユーラシア大陸のはずれで見る思いがけないほどカラフルな文化住宅が集まっている「村」の風景にちょっと戸惑いながらも、親切な漁業組合長夫婦に歓待された。通された部屋はベッドやソファなども揃《そろ》っておりスチーム暖房もしっかりきいている。毛布が足りない、と心配そうに奥さんが言うのだがこちらはかなりヘヴィな極寒用の寝袋を持ってきていたので問題はなかった。

この村での滞在中、寒さの生活にどう対応していくか、ということが課題だったのだが、その心配はまったく杞憂《きゆう》ですんだ。

まだ昼間は四時間ぐらいしかないのですぐに外は暗くなる。せっかちながら、まずはこの村全体の様子を知るために外に出た。いかにもソリを牽《ひ》くのが大好きで、人間の姿を見るとソリを牽けるのかと思って寄ってくるハスキータイプの大型犬。日本だとちょっとありえない風景だ。この村は一〇年ほど前にもっと海縁《うみべり》の条件の悪いところにあったのだが、村ごとこの地に引っ越してきたのだという。

村からでるとゆるやかな起伏のある雪原がひろがっているが、斜面を降りていくとどこかから海の上になるという。しかしいまは陸も海も固く凍結しているから、はじめてこの村に来た者から見ると村のずっとむこうまで広大な雪原がひろがっているように見える。

ゴミや食べ物の残りは「土間」に捨てる

ノヴォ・チャプリノには五〇〇人ほどの人が住んでいるらしいが、あまり人々の姿はみない。

凍結した海の上にいくとアザラシ猟の人と海氷に穴をあけてホヤを捕る人がいるくらいだった。ホヤは日本の東北の海岸沿いに住む人々の夏を伝える味覚として有名だが、北極圏の人々の好みでもあるとはまったく予備知識もなかった。

ここで捕れるのは「赤ボヤ」で全体がつるんとしておりごつごつした日本のホヤよりずっと大きい。

捕りかたが意表をついていた。氷にワカサギ釣りのような穴をあける。直径四〇センチぐらいとかなり大きい。ここに鉄の「クマデ」の先端のようなものに紐をつけたものを投じて、底までついたら適当に紐《ひも》をつけたものでくるようなものに紐をあやつって前後左右に動かす。海底のホヤをそうやってひっかける、という単純な方法だ。それでけっこうホヤがカタマリ状になってあがってくる。

このホヤもノヴォ・チャプリノに住む人々の毎日の食料になっているようだった。

食べ方はアザラシのようにナマである。

世話になっている漁業組合長に聞くと、アザラシとホヤは昔から主食という。日本でもホヤを食べますよ、と言ったらびっくりしていた。三陸の人々にロシアの北極圏に住む人々もホヤが大好物ですよ、と言ったら驚く筈だ。

むかしはもっと粗末な家に住んでいたので、食卓というものはとくになく、床の上にアザラシやホヤを投げ出して、家族がそれを取り囲み、好きなところを好きなように食べていたという。とくに食事の時間というのはなく獲物が捕れたときにみんなで食べる、ということのようだった。

この食べ方は、アラスカでもカナダでも北極圏に住む人々に共通しており、とくに氷のイグルーなどに住んでいるずっとむかしは、少し高くした氷の床とひくい「土間」とでもいうようなくぎりしかなく、ゴミや食べ物の残りはみんなその土間に捨てていたようだ。一日中零下だから腐るのに時間がかかり、糞便《ふんべん》などもイグルーの中のバケツのようなものにしていた、というからその中はかなり惨憺《さんたん》たるものだったらしい。

いまは北極圏のどの国も、もう氷のイグルーなどはなく、せいぜい観光客用に一時期つくられている程度らしい。我々日本人は長いこと北極圏の人々は氷の家に住んでいる、などと思っていたが、それはヨソの国の教科書で日本人の生活を紹介するとき、タタミの上で下駄《げた》を履いて歩いていたり、家の中に石灯籠があったりするのと同じようなあやまった風聞だけが生き続けているということのようだ。

ノヴォ・チャプリノの家は、現代の我々の住居と殆どかわらない。ひとつだけ違うのは「掃除」を殆どしない、ということで、部屋のゴミなどはソファの下などに押し込んでしまう。あとでまとめて片づければいい、という考えらしいが、その「あと」がいつなのかははっきりしていない。そのあたりは氷のイグルーに暮らしていた時代の暮らしぶりをそのままひきずっているようだ。

もうひとつ、よく考えるとまことに不思議なのは、カナダもアラスカもロシアも住民の顔つきがまったく日本人にそっくりなことで、外で誰かにあうとつい「コンニチハ」などと挨拶したくなってしまうことである。生活ぶりや暮らしぶりをみると北極圏はみんな繋《つな》がっていた、という推測がたつが、そこにどう日本人がからむのかというのが謎である。

おっぱいみたいな山群

これまで外国で泊まった宿で、もっとも寝ごこちのよかったのはモンゴルのゲルだろう。中国内の「内モンゴル」ではパオと呼ぶが、この呼び名はたぶん「包子《パオズ》」からきているのではないかと思う。肉饅頭《にくまんじゅう》の恰好とよく似ているのだ。遊牧民が使う半円形をした移動式の組み立て住居である。家屋というには簡単すぎるし、テントというには大きいし構造がちと頑丈すぎる。でも遊牧民が三人いると二時間ぐらいで組み立ててしまうし、その半分ぐらいの時間で解体してしまう。

柳の木を使ってちょうど巨大なカラカサのような骨組みをつくり、全体を羊の毛で作ったフェルトで囲み、外側をキャンバス地で覆っている。モンゴルは日本のちょうど四倍ぐらいの広さだが「草原の国」と言われるように、本当に国土のほとんどは草原で、木が少ない。北方のほうには森林のある山もけっこうあるのだが遊牧民の家畜にとって一番有用な肥沃な草地があるところには林のようなものは殆どない。山もあるのだが高さ三〇～五〇メートルぐらいの草山で、そういうのが唐突につらなる地域もある。平均標高一五〇〇メートルの大地なので夏は爽やかで、冬は雪が降るとマイナス二〇度ぐらいになる。低い山も冠雪し、風景は草山のときとはまたちがった美しさになる。

チベット（自治区）も日本の四倍ほどの広さがあるがこちらは空路の入り口であるラサが富士山頂くらいの高地にあり、平均四〇〇〇メートルぐらいのところに人々が住んでいるからもう森林限界はすぎていて草原というのは少なく、晴れると高地特有の強烈な太陽と青い空、そして茶色を基本とした高山が続くから風景の基本の色が違う。

モンゴルの木の生えていない丸い低い山は女性のおっぱいみたいだが、それにくらべるとチベットは男性的な風景、風土だ。

モンゴルの遊牧民はこの草原に半円形のゲルをたて、そこに三カ月から半年は住む。その年の気候によって、土地の草原の状態によって移動していくから「遊牧民」と呼ばれるのである。

しかししょっちゅう移動しているわけではなく大体年に二箇所か三箇所で、その場所も決まっていることが多い。都市の一部をのぞいて個人の土地所有権のようなものはなく、強いていえば日本の約四倍の国土全部を国民で平等に所有している、といってもいい。

一九九二年頃からおよそ一〇年ほどモンゴルにかよったが、どの季節に行っても遊牧民のゲルに泊まって大体一～二カ月過ごした。だからゲルでの生活の日々というのをじつくり体験した。半円形のゲルは大きなものでベッドが二〇個ほど入るが、平均的には五つ程度が壁に沿って並んでいて、入り口は南や東につくられる。天井に直径一メートル程度の穴があいていて、その真下に置かれるストーブの煙突が天井の穴からつきだされ、ストーブが消される頃は紐のついたキャンバス地の「蓋」でその穴は覆われる。夏は換気のためにあけられるから星空を見ながら寝られる。遊牧民は長年の土地勘から蚊の少ない土地を知っている。一番効果的なのは「ニガヨモギ」の生えている土地である。蚊はこの草を嫌うから寄ってこないのである。

半円形のゲルは風が吹いている日はそのまわりを風が撫《な》ぜるように回っていくから風の音を聞いているうちにいつしか深く寝入ってしまうここちよさだ。

遊牧民の知恵——自然式床暖房

モンゴルの冬はけっこう寒い。標高が高いからだろう。日本でいえばそこそこの山の頂上にいるのだが周囲が平らな草原だからつい感覚的に高さを忘れてしまう。

遊牧民は冬がくる前に山羊《やぎ》や羊の糞を沢山集めてきてゲルの下の地面にそれをまんべんなく撒《ま》いて、その上にキャンバス地のような布を敷きつめる。山羊や羊の糞は冷たい大地の上でバクテリアによってゆっくり分解されていく。そのとき僅かながら熱を発散するのだ。沢山の糞だから全体がほの温かい。簡単にいうとこれはつまり自然の床暖房だ。

遊牧民ならではの知恵で冬中そのほのかな熱が持続する。当然ながら電気代などいらない。第一電気がきていない。

ストーブの燃料は牛の糞を使う。これは常に沢山集めておく。牛はそこいら中にいるから糞だっていたるところに落ちている。それを拾って集めるのは主に女の子の仕事だ。背負い籠をしょって独特のゴミ拾いのような挟む器具でどんどん拾っていく。牛の糞はたいがい大きく、いびつながら乾いてひろがり直径二〇センチほどはある。集めてきたそれを数日日乾《ひぼ》しレンガみたいに干しておくと水分が抜けて巨大なおせんべいのようになりそれを溜《た》めておく。

牛の糞は面白いくらい心地よい熱を出して燃える。臭気などはまるでない。草原の国で木がめったにない国だからこの牛糞燃料は本当によく考えられたスグレモノなのだ。しかも完全リサイクル。

草食動物の糞を燃料にする、というのはアジアの多くの国でよく見る。堀田善衛《ほったよしえ》の『インドで考えたこと』に刺激されてインドへの旅に出たことがあるが、その頃読んだ本のなかに、村に象が数頭荷物を背負ってやってくる話があった。歩きながら象が糞をしていく。象の糞は牛の糞の数十倍はある。小山のような糞だ。

それを見て老婆が走っていき、その象の糞の山の上に覆いかぶさり「これは自分のものだ」と嬉《うれ》しそうに叫ぶ出来事を書いている。たぶんそれでその老婆の家の数日分の燃料がまかなえるのだろう。

ゲルで暮らしているあいだぼくは傍らに山積みされている牛糞を大切に燃やしていた。それは暖房になり、煮炊きする火となるのだからゆっくり計算して燃やしていかなければならない。牛の糞はあまり激しく炎を出して燃えるわけではなく、日本の炭のコンロに似ている。コツを掴《つか》むと火力を強くし、長持ちさせることができ、鍋の水などびっくりするくらい早く沸かすことができる。

そのストーブには煙突がついていて、ゲルの真上にある穴から外に出ている。冬はその煙突のすぐ近くまでキャンバス地の蓋をしているから煙突からも暖気がまわりに出て、それがゲル全体の暖房に一役かう、ということになる。

モンゴル人は当初予想したのとちがってあまり肉は食べない。ぼくは羊などを毎日食べているのではないかと楽しみにしていたのだがそうでもない。それは遊牧民の経済がわかってくると納得するのだが、もうしばらくモンゴルの暮らしについて書いていくつもりなのでそこで語っていくことにしよう。

ジンギスカンという料理はない

北海道の多くの人が好きなジンギスカンは羊肉にタレをつけたものを焼く、まあバーベキューみたいなもので、ジンギスカンと名づけられているようにモンゴルが本場なのかと思われている。

でもモンゴルに行くとそういうものは存在しない。モンゴルに一番最初に行ったとき日本でいえば寿司《すし》とかテンプラみたいなものかと思って注文したら一切通じなかった。

もっともジンギスカンといったらこの国の偉大な英雄である。日本でいったらどういうコトになるのだろうか。聖徳太子……か？　なんかまずそうだな。

「ジンギスカンなどという料理はないが、日本のそれはどんなものなのだ？」とモンゴル人に聞かれ、北海道でやっているのを図に描いて説明したら「そういうものはこの国には絶対ない。なぜならモンゴルで肉を食べるときは火で焼いたりしないからだ」と、あっさりと説明された。

羊で代表的な料理は「シュース」といって蒸し焼きである。たいてい羊一匹つかう。

この料理は、モンゴル人の羊の屠《ほふ》りかたから説明する必要がある。多くの国では頸動《けいどう》脈《みやく》を切ったり、頭の急所を叩いて殺す。

ずっといぜんタクラマカン砂漠を一カ月ほどかけて楼蘭《ろうらん》まで行くかなり大がかりな探検隊に参加したことがあるが、このとき肉食材は生きた羊をトラックに乗せてつれていった。おいしい肉を食べるには生きたのをつれていって食べる直前に殺すのが一番新鮮なのだ。

頸動脈を切って出血多量で殺す、というやりかただった。

モンゴルの遊牧民は羊をあおむけにして数人で四肢を押さえ、ナイフで心臓のあたりを一〇センチぐらい切り裂く。そこから手をいれて心臓につながる大動脈を指で切り取る、というのが古典的な正しい屠りかたであった。

このようにすると血が外に噴き出ることなく羊の体内にたまる。その血は、あとで羊の腸をきれいにして四〇〜五〇センチに切り、その中にいれて前後を固く縛って血の腸詰めを何本も作るのにつかう。血も大切な栄養分である、という考えと、動物たちにとって大切な草を血で汚すな、という考えがこの根底にある。こういう考えは同時に羊の「脂」についても関係していく。

火で焼く調理をしたら一番重要な栄養分である肉や血や脂を火に「食わせて」しまうようなものではないか、という考えだ。

羊一頭丸々茹《ゆ》でた「シュース」は儀式的なものも含まれていて、蒸す容器は搾乳のときに使うような大きな牛乳タンクだ。ここに羊の足から脛《すね》、太股《ふともも》、腰や腹、胸などの順番でつみ重ねていく。ときどき味つけのための岩塩をふりかける。

そうして蒸していく。羊の養分をぜんぶ余すところなく人間が食べさせていただく、という、動物を大事にする遊牧民ならではの調理方法だ。だから日本のジンギスカンという料理方法はモンゴルには存在しない。あれは日本人だけが食べているモンゴルの英雄の名がついた料理、というわけのわからないものなのだ。

モンゴルの遊牧民があまり肉を食べない、というのは、遊牧民のその経済システムと関係する。自由経済になった今は違うが、長いこと遊牧民は政府から家畜にする動物を借りてそれを飼育し、子供を生ませ、それが収入になる、という仕組みになっていた。家畜を食ってしまうと財産を食ってしまうことになるのだ。

犬は生物系セコム＆汚物清掃担当

モンゴルの遊牧民はモンゴル犬をたいてい二〜三匹飼っている。みんな大きくて気性が荒く、知らない遊牧民の家（ゲル）を訪ねると、その放し飼いになった獰猛《どうもう》な犬が凄《すさ》まじいイキオイで走ってきて吠《ほ》えまくる。主人が出てきて「やめろ」とか「おとなしくしろ」などと怒鳴らないかぎり、不用心に近づいていくと本当に嚙《か》みつかれることがある。だから相手が知人でないかぎり最初の訪問は馬に乗っていくのにかぎる。

馬上にいると犬も嚙みつくことができない。これは遊牧民が飼っている犬は「狼《おおかみ》よけ」もしくは「狼接近センサー」あるいは家畜泥棒撃退の役を課せられているからだ。まあ生物系セコムと考えればいい。

その家の主人が出てきて「静かにしろ」「ひっこんでいろ」（欧米でいうハウスですな）といえばスゴスゴとひっこんでいく。このへん非常に規律がしっかりしていて感心する。

しかし遊牧民はこの犬に対しては「愛犬」とか「ペット」という考えはまるでない。そのへんも非常にはっきりしている。だから名前などついていない。強いていえば「強い犬」「ダメな犬」という程度の認識だ。

ペットではないから人間が肉を食べる時、いらないものや骨などを投げ与える程度で定期的に餌を与えられるわけではない。唯一定期的な「餌」といったら遊牧民一家がする「野糞《のぐそ》」だろうか。

家族の誰かが外に出ていくと犬たちはそのあとについていく。人間がそこらにしゃがむと犬はそのまわりのいいポジションを確保し、終わると一斉に食いにいく。犬にとっても「ひりだした」ばかりの温かい新鮮な糞がうまいのだろう。打ちたて新蕎麦《しんそば》みたいなものなのかもしれない。そういう役割があるから遊牧民は自分のところの犬をそれなりに大切にする。遊牧民の犬はセコムのほかに行政のやるべき汚物清掃担当もしているのだ。

それというのも犬はもともとペットで飼っているわけではなく、多くはそこらをうろついていた犬が勝手に「これは」と思う遊牧民のところに住み着くからである。流れ者の用心棒、といったらカッコはいいが所詮は「ただのはぐれノラ犬」である。一応役に立つノラ犬でもこれだけの扱いであるから日本の二大ペットであるネコなど遊牧民は大嫌いである。みかけるとはっきり悪意を持ってサッカーボールキックのように蹴りとばす。それで死ぬネコもいるようだから、モンゴルのネコは人間を見ると直ぐニゲル。世界で一番セコセコした動物になっているのだ。

モンゴル人はどうしてそのようにネコが大嫌いなのか聞いてみたら「まったく働かない動物だから」という明確な回答があった。なるほどこの国の遊牧民は殆どの動物を家畜としているがネコほどなにか働かせよう、と考えたことがない動物はいないだろう。そう言われるとわかる。

だいたい世界中、ネコはリードなどつけずに勝手に歩き回っているものだ。過保護にネコ可愛《かわい》がりの日本で、ネコをうば車などに乗せて歩いているオバサンなんかをときおり見るがそういう光景を遊牧民がみたら、その日、彼のアタマの上には？マークがいくつも点滅しているだろう。

モンゴルはしばらく実質的にロシアの支配下にあった。ロシア人が沢山住んでいたが、彼らが愛するのが、その「何もしない」ネコで、帰国していくロシア人に置きざりにされたのもいる。その子孫ネコがアルジを失っていま逃げ回っているのである。

横着して馬に乗ったまま水を飲ませたら……

トーラ川というロシアのほうまで流れている川沿いのゲルにしばらく暮らしていた。そのあたりは野ネズミがいっぱいで、ぼくの暮らしているゲルの中にもネズミの穴が四つか五つあってファミリーと思えるいろんなサイズのネズミがしょっちゅう出入りしていた。

一カ月ほどいたので子ネズミが成長していくさまがわかる。もの凄い成長力で、毎日見ているうちに親しみが湧いてくる。

前に書いたようにネコはまず見かけないからこのネズミの天敵はワシやトンビなどの大きな猛禽《もうきん》類で野を素早く走っていくネズミをそれらの大きな鳥が見事な素早さで飛来

し、鉤爪《かぎづめ》でしっかり摑んでどこかにさらっていく。ネズミに感情移入しているのでその様子を見るのが辛《つら》い。実際野ネズミたちは人間にはあまり害はないのだ。

トーラ川に釣りにいくと一メートルほどのナマズが簡単に釣れる。これを料理するために腹を裂いたらいましがた飲み込まれたような野ネズミが何匹も出てきたので閉口した。ひじょうに臭く、食用にする気はなくなった。野ネズミは何かの用で川べりにいき、そこをナマズに襲われているらしい。そのためにはナマズがかなり陸にのりあげている筈だ。でもそういうところを見たことがなかった。ネズミのほうが川の中に少し入っていき、そこを狙われているのかもしれない。

暇になると馬で少し遠出していた。モンゴルの草原だらけのフィールドに三〇分も出ると自分の帰るところがわからなくなり、かなり焦ることがある。風景はみんな同じに見えるからだ。けれど川沿いに進んでいけば帰りのルートを間違えることはない。

そこで心配なく二時間ほど上流にむかって川沿いを行った。途中、馬のために水を飲ませるのだが、その日、馬から降りるのを横着して乗ったまま川沿いで水を飲ませた。馬が水を飲むときは首を大きく前にのばし、笑えるくらいチュウチュウした可愛い音をさせて水を吸う。

考えてみると馬の口の構造では「吸う」しか飲む方法はないのだ。しかしその日、馬の前足が川べりの緩くなっていたドロの中に沈んだ。馬の首は大きく前にのびているので、ぼくはそのまま「背負い投げ」をくらったように川に落ちてしまった。

トーラ川の流れはけっこう速い。ぼくは馬を岸に残したまま流れていくしかなかった。やがて緩いカーブのところでなんとか岸の近くの浅瀬に足がついて、そのまま必死に陸にあがった。もうぼくの乗ってきた馬は遠く見えない距離になっている。さっきの馬のところに戻っても馬が待っているわけはないから、ぼくは諦めて川沿いを下流にむかってとにかく歩いて帰ることにした。馬は勝手に戻る筈だ。

そのときほど川沿いを移動していてよかった、と思ったことはない。もしなんでもない草原のただなかで馬に逃げられたらぼくは帰る方向を失って、遊牧民などと偶然会わないかぎり自分のゲルに戻ることはできなかっただろう。モンゴルの草原で、方角を知るひとつの方法は小山を探すことだった。小さな山でも北側に木や草が生えていることが多い。山の北側は冬になると積もる雪が水分を蓄えるので、南側よりも木や草が生えるのだ。もっとも北の方向がわかっても自分のゲルの方向を正確に知ることはできない。やはり川沿いのほうがたしかで、その日五時間ぐらいかけてなんとか戻ることができた。

ベッドで感じた熱い吐息

モンゴルにはテレビのドキュメンタリー（ぼくが撮られるほう）や映画（ぼくが撮るほう）といろいろ立場の違う仕事で何度も行ったのでその頃の一〇年間というもの、ぼくは遊牧民の生活にすっかり慣れてしまい、動物たち（馬、牛、羊、山羊……それとたまにラクダ）などとのつきあいもだいぶわかってきていた。自然とのつきあいも土地によっていろいろ対応がかわる。草原地帯はだいたい夏と冬の二季しかない。夏は一日がものすごく長く、ときに夕方の残照は三時間ぐらい続く。

子供たちは夕食をすませても狭いゲルの中にいるよりは外で遊んでいたほうがいいから日の暮れるまで大自然の中にいる、ということになる。時計をみると夜中の一一時だったりする。学校はどうしていたのだろう。

そうだった、小中学生は街の学校に行くわけで、通学はできないから寄宿舎だ。夏は長い夏休みとなり、みんな故郷の草原の家に帰ってくる。日本みたいに宿題がどっさり、ということはまるでなく、夏休みは親の手伝いをすることが大事だから、昼間は本当によく働く。ぼくも、一日の仕事がおわり、そういう子供たちと遊ぶのがたのしかった。

そうして残照がいよいよ消える頃、ぼくも自分のゲルに帰る。

ぼくは一人で暮らしていた。お風呂というものはないから近くの川で手や口や顔を洗い少しさっぱりした気持ちになる。しかし川は人間だけのものではなく馬や牛なども水浴びに使う。だから流れを注意してみていると馬糞や牛糞がよく流れてくる。不思議だけれど牛や馬たちはどれか一頭が糞をするとまわりにいるのが連鎖的にボタボタするらしく、馬糞であれば一〜二個流れてくるとそのあと十数個続けて流れてくるのが普通だった。そういうのをやり過ごしてできるだけ糞がこない時に水を使う。

馬糞はひとつひとつ形が残っているから見つけやすくかわしやすいが、牛糞は水にある程度溶けるので馬糞ほどには目につかない。自分の前を通過してから臭いがほわーっとしてくるから「あっいまオレ牛糞の溶液のなかで髪や顔洗っちゃった」というコトに気がつくのだった。シャンプーなんかなかったから牛糞シャンプーだ。けっこう髪の栄養によかったような気がする。草原での生活を一カ月もしているとこんなふうに動物たちの生活と一体化してくる。

あるときそんな長い長い夕方の時間を過ごしてゲルに戻った。昼間はゲルの戸はたいていあけっぱなしだ。前にも書いたがニガヨモギが沢山生えているところにゲルがあったのでネズミはいっぱい住んでいるが蚊はほとんどやってこない。蚊とり線香の成分のなかにはこのニガヨモギが入っている、という話を本で読んだ記憶がある。

夕方から夜にむかうゲルの中は輻射熱《ふくしゃ》でまだけっこう暑い。戸をあけたまま天井の丸い穴もあけて空気を流通させる。ベッドに横たわったが、どうも誰かがいる気配がする。ちょっと熱い吐息のようなものが耳に入ってくるのだ。

「ん？」

遊牧民の娘がひそかに我がゲルに入り込み、ぼくの帰るのを待っていた、などということはまずあり得ないが絶対ない、とも言い切れない。しかしベッドの横の暗がりに潜んでいたのは子牛であった。暑さ凌《しの》ぎに入ってきてそのまま寝てしまったらしい。

イヌイットは神聖な神様のように見える

カナダの北極圏、ポンドインレットから北極海にむかってかなり流れの激しい川が続いている。夏だったがまだ川の周辺には厚い氷がとけずに残っていて、ときどき大きな塊が流れる。そういうのにぶつかると露出している小型ボートのエンジンなどすぐふっとんでしまうから慎重を要する。

イヌイットの一家とジャコウ牛狩りに行ったときのことだ。長い距離を移動するので、何箇所かでキャンプしていく。

冬の北極圏は常に白熊に注意していなければならないが、夏は山のほうに行かなければグリズリーにめったに襲われることはないからマイナス四〇度以下になる厳寒期よりはだいぶ気が楽だ。

ジャコウ牛は群れでいることが多く、必ず何頭かは「見張り」役になっているので群れを見つけても人間より早く逃げてしまう。

「ときどき群れからはぐれたのがいる。たいてい注意力散漫の若い牛だからそれを狙う」とファミリーのボスは言った。

そうして初日は遠くにふたつの群れを見つけるだけで成果はなく、最初のキャンプになった。小さな流れ込み（本流に加わってくる支流）のそばがキャンプ地になった。そういうところは北極イワナが釣れるのだ。彼らは竿《さお》は使わずルアーをつけてかなり太い釣り糸というよりも細いロープといったほうがいいようなものをカウボーイが投げ縄を振り回すように遠投する。

仕掛けも糸もすべておおざっぱだったけれど、それですぐに七〇センチぐらいのイワナがかかるのだ。イレグイというやつで、釣れたのはすぐにヒラキ、北極の夏とはいえどさして力のない太陽光に晒《さら》していくらか乾かし、これに塩をつけて半生で食う。たいへんうまい。川原のところどころに乾いた苔《こけ》が生えているのでそれを集め、ぼくは半身を貰《もら》って少し燻《いぶ》した。燻製《くんせい》とまではいかないが、笑ってしまうくらいうまい。

おサケがあれば本当に申し分ないのだがここは「ドライビレッジ」（酒類禁止地域）なのでビールすらない。イヌイットは堕落した街からやってきたぼくのような者には本当に神聖な神サマのように見える。

夕方近くなってくるとすさまじい蚊が襲ってくるのでテントに逃げるしかない。ツンドラのような土地の蚊は半端ではなくあちこち渦をまくように襲ってくる。イヌイットはフードをかぶって片手にもった蚊よけスプレーをときどき噴射するだけでなんとか凌いでいるが、他国のヨソ者はそうはいかない。個人テントは入り口に網があり、その外側がフライシート（雨除《あめよ》け）になっているから、テントの中にもぐり込んでしまえばなんとかなるが、もぐりこむときに同時に大量の蚊がぼくと一緒にテントの中に侵入してくる。その数ざっと一回で五〇〇匹はいる。

入り口の網をしめてしまえばもうあらたに侵入してこないが、五〇〇匹ほどを自分と一緒にテントのなかに閉じ込めてしまったコトになる。だからしばらくそいつらを叩いてコロす仕事になる。三〇分ぐらいかかる。テントの床地にぼくが叩いてコロした蚊を黒いカタマリにして片隅に押し込む。それから寝袋にもぐり込むのだが、テントのまわりにはびっしり蚊がたかってガサガサ動いているのが内側から見えるし音も聞こえる。もう二度と外に出ていきたくないが、やがてそうもいかない生理的欲求がくる。

むき出しの尻に蚊が（推定）二〇〇〇匹

北極圏の夏は白夜《びゃくや》だから夜の闇はこない。薄手のテント生地のまわりにびっしり蚊がたかり全体がぞわぞわ動いているのが透けて見える。同時に蚊もこれだけ濃密に集まっていると動き回る音が聞こえてくる。

なんとも息苦しく圧迫感にみちたカナダ北極圏の辛いテントの夜だ。

いいのは唯一、気温が二〇度ぐらいと生活しやすいということぐらいだろうか。

それを助けにとにかく寝てしまうしかないが、人間は飲んだ水、食べた物を一定期間で排出しなければならない。

冬山などでもそうだったが、小便ぐらいは必ず携帯しているシュラカップ（万能食器）にテントのなかで立て膝をついて出してしまう。同じ器であとでお湯だの粥《かゆ》だの食べるのだが、よく洗って使えば、自分の小便なのだからどうってことはない。カップにためた小便はベンチレーター（空気や湿気ぬきのためにテントに必ずついている開閉式の小さな穴）から外に出して捨てればいい。小さなシュラカップにマンタンに小便をしてしまい、このベンチレーターから外に出すとき、どこかに触れて、テントの中に少量でもこぼしてしまうことがあり、それがなさけない。だからシュラカップは顔も洗えるくらいの大きめのほうがいいのである。

で、問題は「大」のほうだ。だいたいこういう極限に近いような辺境の旅は食事時間がマチマチだし、食うモノもその日によって何をどう食うかわからない。携帯食料なども持ってはこないから猟師が捕獲したものが「めし」になる。このはなはだ不定期で、食べ物の種類がいろいろにかわる移動では文化圏にいるときと違ってこちらの胃腸のほうもめちゃくちゃな「うけいれ」「消化」の対応を余儀なくされるからいきなり「もよおして」くることが多い。

それを無理に我慢して抑え込み、やり過ごすとしだいに頑固な便秘状態になって苦しみが加重されることになる。

「もよおし」たら蚊の大群がウハウハいって待ち構えている外にいかなければならない。そこらでごく普通に山屋（登山家）がいうキジ撃ちスタイルでやれば体は安定しているが、蚊どもにとって人間のむきだしの尻ぐらい魅力的な攻撃場所はない。およそ三分で軽く一〇〇〇箇所ぐらいは刺され血を吸われてしまうだろう。襲撃蚊は加速度的に増えていくから四分で二〇〇〇匹は確実だろう。刺す場所を求めて何匹も重なって攻撃してくる。

これを防ぐためには上半身は蚊除けも兼ねたフェイス・ネット（頭と顔を覆う網）の

ついたフィールドパーカーを着て、流れ込みの細流を探し、素早くズボンを脱いでそこに腰までつける方法しかない。瞬間水洗式だ。

さすがの北極獰猛蚊も水中までは潜れないから水にひたした尻は完全にガードされる。しかし問題は流れ込んでいる支流、細流の水が完全に氷がとけたばかりのものなので二〜三分で尻の感覚がなくなってくる。胃腸の調子がリズムを持って活性化しているときならその二〜三分で勝負してしまうことができるが、慣れない足場にもたついている間にフィールドパーカーの中に入り込んできて隙間になっている腹部などを刺してくる奴《やつ》がけっこういるからそっちに気を奪われていると短時間勝負ができない場合もある。尻が極端に冷えてしまうとそっちのほうからあとで別の苦痛が襲ってくるのだ。

蚊の谷にさまよいこんだ猟師の仰天行動

北極圏探検の本は沢山読んだが、極寒をいく話が多い。ぼくもアラスカとロシアの冬の北極圏を旅したが、引き続き排便の労苦でいうとマイナス四〇度ぐらいのところでするほうが慣れてくると楽なのだ。白夜の夏の北極圏と比べるとはっきり断言できる。

極寒の原野のなかで辛いのは沢山着込んでいる防寒着の着脱で、これがひと騒動なのだ。

本能的にとことんまで我慢しているから、いざモヨオシてくると気が焦る。下痢などしていたらいきなり死活問題になる。そういうことが辛いのであって、むきだしになった尻を襲ってくるのはいきなりの極低温だけだ。これは体験しないとなかなか譬《たと》えも共感を得るのも難しいのだが、ヒトコトでいえば「痛い」。その痛さもすぐにではなく一分ぐらいかかる。むきだしになった人間の肌とその奥の神経が極端な寒さを感じるまで少し時間がかかるのだろう。一緒に旅した仲間の一人は沢山の針でチクチクまんべんなく叩かれているようだ、と表現した。むきだしになった尻だの腰だの全てがガシガシチクチク叩かれる、という感覚だ。でもはっきりいうが、極寒の大地で尻をさらす方が、たとえば二〇〇〇匹の蚊に刺されているよりはずっと楽である。せわしない痛さだがあとのことを考えると辛いのはそのときだけなのだ。

問題は「時間」なのである。とにかく素早くすまさなければならない。だから便秘はヤバイ。凍傷の危険が出てくる。勝負は二〜三分。これも夏の蚊だらけの中でやるときと同じぐらいの限界耐久時間だ。

こういうやばい場所を旅するときは胃腸が健全に働かず、どうしても平常時とちがってくるのだが、意味なく便秘や下痢をしていると生きていけない、ということを学んだ。

さて、この話のおおもとは北極圏の夏の白夜のキャンプ旅だ。蚊だらけなのはずっと変わらない。しかし蚊の濃淡を地形でみる知恵がついてくる。その日の天候にもよるのだが、風が吹き抜けていく地形をみつけてそこにテントを張るのが大切なのだ。蚊は風に弱い。

「蚊だまり」というイヌイット用語を学んだ。地形的に、蚊が天文学的数字で生息している場所だ。たまり水がいっぱいあって窪地《くぼち》になっているところには近づいてはいけない。

ジャコウ牛の子供がはぐれて水を飲むために「蚊だまり」にさまよいこんでしまうことがたまにあるそうだ。猟師たちはそれを狙う。そういう水のみ場にきた幼い牛は「群れ」のガードがないから四六時中濃密な大量蚊に刺されてすでにフラフラになっていることが多い。水場に到達する前に、体力を失って倒れてしまうことがあるという。猟師たちは苦労せずいちばんうまい若いジャコウ牛を手に入れられるのだ。

原野を旅していた人間も若いジャコウ牛のように方向がわからなくなって濃密な蚊の谷で呼吸のたびに蚊が口に入ってくるような状況になることがあるらしい。そのときははぐれた猟師は死にそうなジャコウ牛の腹を裂いてその中にもぐり込んで命をとりとめた、という話を聞いた。その牛の体のなかも旅人が生き永らえる究極の「宿」なのである。

イヌイットの家の中

イヌイット一家との短いけれどそれなりに変化があり、苦しみや楽しみに満ちた小さな旅が終わった。

村に帰るとボートに乗せて持ちかえったカリブーの肉を周りの知り合いにわけてやる。その役目は兄弟の一番上の、ずっと無口だった男がやっていた。表情に変化がないので、どこの誰ともわからない、しかも言葉の通じない外国からやってきたのに自分たちと顔つきがよく似ているぼくが同行しているのがわずらわしいのかと思い、できるだけその長男と触れ合わないようにしていたが、ぼくが泊まっている古ぼけた宿にやってきてなにかしきりに話しはじめた。

しかし言葉がやはり通じない。でもそのうちに「カリー」と言っていることに気がついた。キャンプの夜にカリブーの肉でカレーを作ったのだがイヌイットのファミリーはみんな大喜びだった。はじめて食べた味のはずだが、民族的に受け入れやすい味だったらしい。こんなに離れたところに住んでいるのにやはりその顔つきのように血や遺伝子のなにかが遠いアジアの先祖につながっていたのだろうか。

ぼくはその長男の言っていることを理解し、まだ残っているカレー粉の小箱を出した。

そのとき長男の顔がはじめて少しほころんだように見えた。「ママット、ママット（おいしい）」という言葉がそのあとに続き、ぼくがそのカレー粉をプレゼントする、ということをしぐさで表現すると長男は節くれだったいかにも荒くれ猟師の手を差し出し、ぼくとはじめて握手した。

あとでわかったのだが、あのキャンプで食べたカリブーのカレーが非常にうまかった、とカリブーの肉を親戚や隣近所の人にわけて歩いていたときにずっとそう言っていたらしい。「ならばそれを喰《く》わせろ」と村の長老あたりが言ったのかもしれない。

カレー粉をあげたのはいいが作り方をちゃんと知っているかどうかわからない。だいいち人数とカレーの分量の割合など微妙なところを知ってもらわないと折角の残り少ないカレー粉が無駄になってしまう。

そこで会話はないままにぼくは長男の家についていくことにした。本物のイヌイットの住居にそのとき初めて入ったのだが、いやはや実に汚い。家は政府が村の人々全員に簡易住宅っぽいのを建てたので外側はちゃんとしているが、その中が汚い。ノヴォ・チャプリノと同様、掃除というものをしない生活のようだった。

昔、氷のイグルーに住んでいた時など、イグルーのなかでアザラシなどを食べるとその骨や皮などどみんなイグルーの中に捨ててしまうという。痰《たん》や唾などもみんなあちこちにはきちらし、夏はとても一緒に生活することなどできない、とボニントンというイヌイットとの生活を長いこと続けた冒険作家が書いている本があった。

冬は残飯も凍ってしまうし、糞便もイグルーの中のバケツにするが、やはり凍結してしまうので臭いも凍り少しは暮らしやすかった、と書いている。

その本を読んでいたので長男の家の中がゴミや生活用品でごちゃごちゃになっているのにもあまり驚かなかった。そして長男はそういう場所にぼくが入ってもまるで平気なようだった。

水も使わずテキパキと鳥を解体

長男の家はツーバイフォーで、三部屋ほどある。その一番大きな部屋の真ん中に段ボールが広げてあり、その上にカリブーの大きな肉塊。さっき撃ってみんなでとりあえず一番うまいところをナマで食べ、残りを村まで運んできたその一部（といっても一〇キロはある）がドデンと置いてある。まわりにとりあえずカリブーカレーには必要ではないかと長男が考えたらしいいろんな野菜がころがしてある。野菜といっても木の根じゃないかと疑うくらいのまっくろで固いタマネギみたいなやつ。それと何か芋のようなものが目についた。あとはなんだかわからないものなのでとりあえずはタマネギと肉さえあればなんとかなるな、と見当をつけた。

どこからどう手をつけようか考えているうちに、知らせをうけた一族のいろんな人がそれぞれいろんなものを持ってやってきた。野菜よりも肉が多い。

小ぶりな鴨《かも》みたいなやつがちょっと役にたちそうだった。手真似《てまね》でそれを解体してほしい、と頼んだ。持ってきた人は「やっぱりこれが必要だったか」とよろこび顔で、その場に座ったまま小さなナイフですぐにさばいていく。鳥を解体するときは熱い湯にとおし、まずは羽根をそっくり落とすのではないかと思っていたがそんな面倒なことはせず骨などバキバキと音をさせながら切ってはひきむしり、水さえも使わずテキパキと解体してしまった。鴨をどう使うかまだ考えをまとめていないうちにどんどん進んでしまうのでこっちは焦る。

長男に例の「タマネ木」を小さく切ってもらうことを頼んだ。

その合間に台所にあった一番大きな鍋に水をいれてもらい熱くする。今のイヌイットはプロパンガスを使うのだ。

カリブーの肉も小さく切ってもらう。しかし彼らの考える〝小さく〟はゲンコぐらいの大きさで、鴨も一羽を六つに切ったくらいのでかさだった。もうしょうがない。そこに「タマネ木」をどさどさいれて煮ることにした。芋みたいのをどうするかずっと迷っていたが、もうそれだけで鍋がいっぱいになってしまった。これだけのことをそこにいる六人ほどの男たちは段ボールのまわりにほとんど座ったままぜんぶやってしまう。

　あとでわかったが、イヌイットの食事は、せっかく政府から貸与されたテーブルや椅子はモノや道具を置くだけの台として部屋の隅に置かれている。食卓は床に広げた段ボールに決めているようだった。

　かつてはこれを氷の上でやっていたのだろう。一番下は海獣の皮を敷いていたようだ。そのやりかたが家の中までまるごと持ち込まれている。

　煮えてきた鍋の中にはいろんなアクが浮かんでいたが、そんなものどうでもいいのだろう、と判断した。

　肉を煮るのはめったにやらないから、中にはその臭いを嫌がるイヌイットもいる。とくに直火で肉を焼くのは嫌われる。

　ぐつぐついってきたので持ってきたカレー粉をいれる。一気に文字通り部屋の空気がカレースパイスになる、というかんじだった。

「ママットナントカ、ママットナントカ」という声が聞こえる。「ママット」は「うまい」だから「うまそう」と言っているんだなと勝手に解釈した。北極圏初のカリブーカレー屋はもうすぐ開店である。

逆上生ビール

大きな鍋いっぱいのカリブーカレーができあがった。たいした食器が用意されていないのでどうやって食べるのかな、と思っていたが、彼らはあまり熱い食べ物は好きではないようで、できあがってから二〇～三〇分ほどしてみんなが食べはじめた。カリブーを骨ごと鍋にいれてあるので、一番興味をもっていた奴がまず骨つきの肉を手にとった。手摑みである。骨をしっかり摑んでカレーまみれの肉にかぶりつく。思いがけない展開なので、作ったほうはちょっと焦ったが、そういう食い方もなかなかうまそうである。

イヌイットはたいてい手を使って肉をむしるようにして食べる。肉についている筋や骨の内側にある肉なども見逃さず、骨をバリバリかみ砕いて食べている。原始的だが、彼らのそういう食い方を見ていると皿にのせてナイフとフォークをつかってお上品に食べている我々がえらく軟弱、かつ幼稚に思えてくる。本当の肉食民族との差を知った気分だった。

残念ながらカレー粉はそれでおわりだったから北極圏カリブーカレー屋は開店した日に閉店だった。みんな悲しがっていたがこればかりはしょうがない。オタワなど都市のスーパーに行ってもカレー粉やカレールウはないだろう。

ぼくのほうはカリブーの肉が日本では手に入らない、ということが悲しかった。お互い「痛みわけ」というより「悲しみわけ」のようなものだろう。

その村での滞在も残り数日になった。ぼくの泊まっている安宿は壁の中をものすごいいきおいで水が流れていた。理由はわからないが、あまりにも激しい流れなので最初の頃は寝ているうちに壁のどこかが破れて水が噴き出してくるのではないかと心配になったほどだった。

けれどいまはそれにも慣れた。思えばビール一杯飲むこともなく、よく北の果てのこういう安宿でぐっすり眠れていたものだ。水の流れる音がいいほうに影響したのかもしれない。その村から移動するときは朝から気持ちがおちつかなかった。オタワに行くのだが、そこまでいけばビールがある。堂々と冷たいビールが飲めるのだ。

飛行機は八人乗ればいっぱいという小さいやつで、出発時間がはっきりしていない。滑走路整備やエンジン調整に時間がかかっているようだった。なんと二時間遅れで離陸。ぼくが心配だったのはオタワに着く時間だった。あまり遅いとホテルのバーやレストランも閉まってしまうだろう。日本みたいに自動販売機などというものはないはずだ。

なんとか午後一〇時半に着いた。

しかしカナダもこのあたりまでくると健康的だ。バーやレストランは一〇時には閉まっていた。ホテルの人に近くで遅くまでやっているバーはないか聞き、タクシーで一五分ほどいくと遅くまでやっているレストランがあると知った。急いでタクシーをとばす。遅くまで、といっても日本みたいに一二時近くまではやっていないだろう。

滑り込んだレストランはラストオーダーの時間だった。やたらコーフンしつつ、とにかくドラフトビアならなんでもと注文。しかもいっぺんに三杯。やがてボーイが持ってきた生ビールを掴むときには手があからさまにフルエていた。ヒトはこのようにして頽《たい》廃《はい》した日本の暮らしで自分の精神やからだが壊れていたのを知るのである。

◎閑話休題
あれは脅しか、ホテルのルームサービス

むかし話をするとオロカなことしか頭に浮かばない。たとえば作家になった頃だ。

とはいえ、いまフと気になったのだが、作家ってなんだろう。まあ最初にいえばレッキとした専門職業なのだろうが、誰がどんな権限で「作家」という職業を認定しているのだろうか。地方公務員試験も国家試験も別にないのだ。いってみれば自由自己申告制だ。

ある日、いきなり「わたし作家になりました」と言ってもいい。

何の根拠もなくいきなりそう宣言していいのだ。じゃあ、いったい作家ってなんなんだ。と考えてしまう。そこで少しわかってきたのは「家」のつく職業はわりあい自己申告型が多い、ということだった。

「画家」なんていうのも「作家」に似ている。

「わたしは画家です」

「ああ、そうですか」

で、会話は終わったりする。

芸術家、写真家、評論家、政治家、舞踏家、落語家（あるいは噺家《はなしか》）、そうだ作曲家というのもいたな。建築家あたりになると自己申告ではちょっと難しくなりそうだ。一級建築士、などといいますからな。「家」がモンダイなんですね。自己申告可能であるからだ。

「弁護士」は「弁護家」とはいわない。

「あの、なんか事件ですか。わたし弁護家ですがね。なにか用ないですか」

なんていうのが御用聞きにきてもあまり相手にされない。「医師」「調理師」「会計士」

などの「し」関係は試験に通らないと名乗ることができないのが多い。「賭博師」は国家試験いらないですね。

ああ、しかしもう午前二時になるというのにおれはナニをいっているのだ。

作家のことについて書いていたのだ。

三六歳のときにぼくはそれまで勤めていた会社をやめモノを書くのを専門にする仕事になった。数冊の本が売れていた頃だったから「作家」なんてまだ自称だ。

でもサラリーマンをやめて通勤しなくてよくなってうれしかった。そうして世間（というか業界）はとりあえず作家みたいに扱ってくれた。バブルの頃でもあったからねえ。

そうしてこのコラムでいちばん書きたかったことを思いだした。

ぼくは作家まがいのくせに結構原稿に追われていて、やや追い詰められていた。

そのとき出版社の人から「エッ」と目をむくようなことを囁《ささや》かれた。

「こうなったらカンヅメになってくれませんか？」

べつにイワシとか鯨の大和煮《やまとに》のカンヅメになってくれというわけではない。「タラバガニの缶詰」といわれたらちょっとココロは動くかな。いや自分がタラバガニになってどうする。まちがった。ここではそういうアホネタの話をするつもりはない。

モノを書いている人に出版社のヒトがカンヅメになってくれ、といったらホテルや旅館に数日とじこもってとにかく原稿を書いている、ということであるという知識はあった。そうして正確には「缶詰」ではなく「館詰」と書くらしい、ということも知った。道理は通っている。

そんな「作家」みたいなことが我が身にお

とずれるようになったのか。

「はい、そうします。すぐカンヅメになります。今なります。すぐなります」

そうしてぼくはまるで本当のプロみたいな作家のように都内の一流ホテルに四泊五日のカンヅメになったのだった。

「食事はご案内することはできません。なんでもお好きな店に、ルームサービスをどうぞ。時間が有効につかえます」

いままで会ったことのないような紳士的な編集者はそう言った。

ルームサービス！

システムはわからないがこれも魅力的なコトバであった。外国の映画なんかでときおり見る。

ぼくは少し遠慮して二日目の昼にカレーライスをルームサービスで注文した。それでも気をつかって一番安いほうから二番目の値段三八〇〇円だ。

そんな、インドのマハラジャしか食わないようなものを頼んでしまって大丈夫だろうか。一抹の不安がはしる。スペシャルピラフ二五〇〇円にしておこうか少し迷ったのだ。でもピラフなんてよく知らない。なんとなくヤキメシの親戚ぐらいかなと思ったがカレーにはかなうまい。

やがて約束の時間通りに部屋のピンポンが鳴った。

どうやってお迎えしたらいいのか。「いらっしゃいませ」じゃないよな。こっちが客なんだからな。でも「どうぞどうぞ」とも違うだろうなあ。「早くそこらにおきやがれ」などといきなり喧嘩腰《けんかごし》になる理由は何もない。

困って黙っているうちにドアの幅いっぱいの堂々たるふるまいでボーイに押されてきたのはぼくの家の仕事机ぐらいの大きさの移動

テーブルであった。真っ白な布がしかれその上にいろんな大きさのいろんな容器が置かれている。中央にひときわ大きな、あれは何というのか「お皿カバー」とでもいうようなもの（それも金属）があってそれが注文した主役、ビーフカレーに違いないように思われる。

ぼくは最初、あまりにも大きなテーブルにいろんな容器が並んでいるのでオーダー違いで「ポワローとじゃがいものフォンタン　チキン風味のジュレ。クリームとキャビアを添えて」などとカレーメニューのもっとずっと上のほうに書かれていたものがきてしまったのか、と一瞬焦ったのだった。

しかしそれにしてもカレーライスを守るようにしてまわりに置かれている意匠をこらしたいろんな蓋つき容器はいったいなんなんだ。

カレーライスと水、だけでぼくはよかったのだ。ボーイがうやうやしく伝票のようなものをぼくに差し出す。金額が書いてある。

なんだかわからないが三八〇〇円ではない。それを中心になにかいろいろ子分みたいな金額が書かれている。逆上していてよくはわからなかったがサービス料とか税金とか運搬料（それは書いてなかったな）などを合計すると四〇〇〇円を軽く超えているではないか。

カレーライス一皿で四〇〇〇円超。

ぼくは本格的に逆上して、テーブルのあちこちにあるうやうやしい蓋つきの子分どもを点検していった。シオ、コショウ、なにかわからない似たたぐいの顆粒《かりゅう》状のもの。スパイスの一種だろう。一方には三品そろいで福神漬、ラッキョウ、シソの実らしきもの。蓋つきの水、小さな野菜サラダ、お茶、それと用途不明のなにか。

問題の「お皿カバー」をあけてみるとごはんだけだ。え？　逆上はバクハツしそうになったが少し落ちついてよく見ると、カレーはアラジンの魔法のランプみたいなやはり蓋つきの器の中に入っているのであった。ごはんの上にかけるとドロドロの液状になったカレーが多く、そのなかにどうだ！　といわんばかりの肉のサイコロ的カタマリが七〜八ケ。

そういう大名行列のような大ホテルにおけるカレーライス一座の陣容なのであった。

下にい、下にい。

なんか釈然としないままぼくはそういうものをごはんにぶっかけて食べた。はっきりいうが期待外れ以外の何物でもなかった。

これはサイコロ肉のカレーまぶしでしかない。ぼくが一番好きな、安い脂身の多い肉片にジャガイモとかタマネギとかニンジンなどがもとの形でゴロゴロしている遠き時代の母のカレーライスがいちばんうまいと思っているのだ。あれがほしい。

おかあさーん！

まあ今思えばぼくが作家ぶってルームサービスでカレーなどを頼んでしまったからいけないのだ。この成り上がり者め。だいたいルームサービスにカレーなどの単品を頼むのがアホなのだった。そのあと世界のいろんな国に泊まってルームサービスがあるか確認したが、基本的にぼくがいく中級ホテルにはそんなサービスはなかった。ルームサービスを頼むべきヒトはリッチなカップルか、心中寸前のカップルか、遺産相続の会議のために一族が集まって、ついでにめしを食う、なんていう時の昼食、ぐらいしか利用方法はないように思った。そうでなければ狭い部屋に閉じこもって食うこともない。ちょっと歩いていってそこらの食堂の三〇〇円カレーで十分じゃないか、と思いましたね。

第五章

世界のあちこちでこんな宿に泊まってきた

パリでフランス語攻撃にクラクラ

ぼくが初めて外国の宿に泊まったのは二〇代の頃で、サラリーマンだった。その会社の取材（業界雑誌）でパリに行った。なんだかいきなり気取った場所になるが、これまで書いてきた外国の宿はいきなりバケモノが出てきたり、バケモノみたいなまだら模様のトカゲが出てきたりと、こころ休まる高級ホテルとは縁遠いところが多かったので、ここらでちょっとしゃれた宿のはなしを書きたくなった。

で、パリなのだ。しかし小さな会社のいち若手社員の出張だ。飛行機からしてタイへンだった。当時は「パンアメリカン航空世界一周便」というものが就航しており、名称だけ聞くとなんだかワールドワイドの気配だが、実態は世界をぐるぐる回る各国経由の定期便で、東京一周各駅停車バスみたいなものの飛行機版だった。ぼくが乗ったのは西回りのエコノミー席。目的のパリまでトランジットを含めると一八時間以上かかったような記憶がある。

日本を飛び立つと香港に着陸。次はバンコク、デリー、カラチというふうになる。各国でのトランジットの時間が異常に長く、それで時間がおっそろしくかかるのだった。

エコノミー席の窓側だったがずっと乗っているのはぼくぐらいで、各国で違う客になる。それから国際便のルールとしてひとつの空港を飛び立つと食事が出る。エコノミーだから銀色の弁当包みに入っていて電子レンジでひどくアツアツにしたやつだ。ぼくはまだ若かったのでそのたびにビールを頼み、ずっとみんな食っていった。初めて乗る国際便だから今思えば「餌」みたいなレベルだったのだろうけれどみんなうまかった。素直ないい客だったのだ。

しかしデリーから乗ってきた隣のでっぷり太った婦人客はなにか複数の香水というかむしろ香料と呼ぶべきようなものを頭からばしゃばしゃかけたような人なのでその強烈な匂いになかなか慣れず、弁当の味にまで影響してきた。

カラチの次はたしかテヘランで、いま思えばまだその頃は普通にその空港に降り立っていたのだった。トランジットなので待合室から外の風景を眺めるだけだが、なにかクラクラするほど白くて眩《まぶ》しい、という印象が強く、思えば遠くにきたんだなあ、と思ったものだ。

若いぼくもそこにいくあいだ隣のインド婦人の強烈な匂いに耐えながら少し眠ってい

たようだった。

長旅で体が相当疲れていた筈《はず》なのだが、次々に変わっていく世界各国の風景が興味深かったので、退屈でもなくさして疲労も感じず、今思えばタフだったなあ、と当時の我が身を羨ましく思うのである。

さてパリに着いてからホテルまで、通常ならバスで行くのだろうが、どこからどの路線に乗ったらいいかわからない。事前にオルリー空港の案内書を読んでいたのだが、どう間違えたのかどこを見ても目的のバスの出るところがわからない。一カ月の滞在でカメラも大型。その関係部品を入れた荷物もいっぱいあったのでタクシーにしたところ運転手のシャンソンみたいなフランス語攻撃にクラクラしたが、とにかくぼくのいう目的のホテルはわかったようだった。サントノーレ通りにある二ツ星の古いホテルだった。ここのフロントもフランス語ばかりでフワフワした話しぶりだ。といっても英語でばかり言われてもこっちがどのくらいわかるかかえって困ったりする。あれでよく自分の部屋を確保できたものだと今になると不思議に思う。屋根裏部屋だった。

カメラのベルトを引っ張る男

パリのホテルの屋根裏部屋は料金が安いらしい。でも、ぼくは通常料金を事前に払っておいてあるので、これは精算のときに払い戻しなどがないかぎり抗議してもいい筈だった。けれどぼくは、日本ではめったに泊まれないそういう屋根裏部屋というのはなかなかいいなあ、とけっこう気にいっていたので、料金格差のことはどうでもよかった。どうせ会社が払ってくれるのだし。

二方向に窓がある角部屋で、片一方はいかにも「屋根裏部屋」とわかるくらいの斜めの壁窓がある。そのむこうは同じぐらいの高さの古い建物が続いており、すこし先にわりあい広い通りが見えた。位置から見てバンドーム広場だ。

もう一方の窓の下には裏通りが続いており、観光客ではない、いかにもパリの庶民というかんじの人が歩いていた。そっちのほうが景色としては人間を見られるので面白く、ぼくは部屋にあった冷蔵庫からビールを取り出し、それを飲みながらしばらくそういうナマのパリの人々を見物していることにした。着いたその日早々、近くのもっと有名なホテルで、今度の仕事に関係する日本人の旅行会社の人とフランス人のガイドと会うことになっていた。時間的にいってそのとき軽い夕食になるのだろうな、と思ったが長旅の疲れと、ようやく自分の部屋に落ちついたことのヨロコビから一人でビールの乾杯をすることにした。ホテルにしてはかなり大きな冷蔵庫の中にはいろんな飲み物が入っている。

「エビアン」がいっぱいあった。その頃の日本ではまだ自動販売機などで水を買う、という習慣はなかった。ヨーロッパの水は硬水で、水道の水をそのまま飲むと必ず下痢をするから注意するように、と日本にいるとき旅行会社の人に言われていた。

飛行機のなかでエビアンにすでにお目にかかっていたが、ホテルの部屋でエビアンの列をみると、フランスというのは不便な国なんだな、と思ったものだ。飲み水をいちいち買わねばならないなんて、当時の日本の暮らしを普通にしている者にはずいぶんヘンな話でこれじゃあ暮らしにくいだろうな、と思ったものだ。

それがいまは日本も飲み水を普通に買うようになっている。日本の水は軟水だからいくらでもそのまま飲めるというのにおかしな方向に変わってしまったのだなあ、とあるとき思ったものだ。これも我々の生活が贅沢《ぜいたく》になったのと、水を売ることをビジネスにした企業の戦略にうまく乗せられてしまった経緯があるのだろう。

ぼくのその取材旅行での仕事は文章を書き、写真を撮ることであった。最初に取材関係者に会うとき当地で使うカメラを見せてくれないか、と言われていたので、それら(三機種あった)を金属ケースにいれて外に出た。持ってきたカメラで一番大きいのは「マミヤプレス」という大型ボックスカメラで一枚の写真が六センチ×九センチある。そういうものがぎっしり入ったのを肩からぶらさげて歩いて目的のホテルにむかった。

そのとき、ぼくの後ろから金属ケースの肩かけベルトを強く引っ張る者がいる。なんだろうと思って振りかえると知らない男だった。ヨーロッパに近い北アフリカあたりの人ではないかと思った。そいつが何も言わずに金属ケースのベルトを引っ張り続ける。こいつはつまりそうやって取ろうとしているのだ、ということに気がついた。

本当は恐ろしいパリ

まったくパリというところは白昼、大勢の人がいるところで堂々とひったくりをするのだ、ということに驚いた。ぼくはその男の顔を睨《にら》みつけた。そいつは何か言った。英語でもフランス語でもないどうやらアフリカの言葉らしい。強引にそいつの手から金属ケースの肩掛けベルトを取り返した。

そのときぼくの後ろに異様に接近しているもう一人の男がいるのに気がついた。振り返ってそいつの顔を確かめている余裕はなかった。そんなことをしているとさっきの男にまたベルトを摑《つか》まれてしまいそうなタイミングだった。

そこに至ってぼくはいきなり走りだした。けっこういろんな人々が歩いているところである。しばらく人をかきわけて走った。

追いかけてこられるのが一番怖かった。なぜならぼくはそれでなくともちょっと目立つ金属ケースを抱えている。そこを二人の男が追いかけてきたら、まるでぼくが金属ケースを盗み、それを刑事が追いかけているような、よく見る映画の一シーンのようになってしまう。

ぼくはどんどん人が多いところにむかって早足で進んだ。一回後ろを振り返ったが、さっきの奴《やつ》が追いかけてくる気配はない。諦めたのだろうか。でも安心はできない。ぼくの背後に接近してきた奴の顔は見ていないから、そいつが追いかけているのかどうかはわからない。でもそのとき思った。ぼくの後ろにきたのはあいつの仲間ではなく、本物の警官だったのかもしれない。だから奴はもうぼくを追いかけてくることはできなかったのだ。

そう思うことにした。

しかし「花のパリ」とかなんとかいってるけど、パリというところは恐ろしいものだ、ということを到着早々に実感した。

方向もわからず走ってきたので、自分がいまどこにいるかわからなくなっていた。

目指すホテルの名前はメモに書いてある。さらにごくごく基本的なフランス語「どこ」とか「何」とか「お願いします」なんていうのは日本にいる間ドタンバで何コトか覚え、そのメモも持っている。

通行人の、ヒトのよさそうなおばちゃんを見つけて「失礼」と言い、このホテルはどこですか？　と聞いた。

おばちゃんは、テレビなんかでよく見るように両手でおおげさなアクションをくわえ、次の角ですよ、ということを教えてくれた。よかった、あまり離れたところに逃げてきたのではなかったのだ。

そのホテルにはいり、ロビーで会う約束の日本人関係者の顔を見たときは正直、ホッとした。

まだもう一人の待ち合わせの人は来ていないようで「むこうが探してくれるだろうからラウンジでコーヒーでも飲みましょう」ということになった。いやに落ちついているのがもどかしい。ぼくは今の出来事を早く話したくて仕方がなかった。

「どうですか。パリの印象は？」

席に落ちつくなり、その人は言った。そらきた、やっと今のアクションを話すことができる。と、思ったところにもう一人の待ち合わせの人がきた。フランス人だが日本語が堪能と聞いていた。しかし二人は慣れているらしくフランス語で話しはじめた。それではぼくが話に入り込むことはできない。

二人はしばらく急ぎの話らしいのをして、やがてぼくが紹介された。

ワインを使って脅すパリの「当たり屋」

仕事に関するひととおりの打ち合わせがすんだあと、ぼくはさっきの図々《ずうずう》しいカップライ男（未遂だが）の話をした。

ふたりは笑い、日本人のほうは「その金属ケースだと中に何が入っているか、たぶんカメラ類だろうと見当がつくからでしょうね。ここはけっこう危険な犯罪都市なんです。あらかじめ言っておけばよかったですね」

とすまなそうに話してくれた。

それにしても白昼、あまりにも露骨で、日本ではまずこんなことはおこりませんよ、とぼくは言った。

「下町にいくと、観光客然とした人を専門に狙うあくどいのが大勢います」

もうひとりが言った。

「たとえば、有名な話ですが、女が安いワインを抱えて街の角で待ち構えていて、獲物がくるのを待っている。そうして角からいきなり飛び出してきてその観光客にぶつかり、ワインをわざと落として割ってしまう。とてつもない高級ワインがあんたのせいで割れてしまった。弁償しろ、と騒ぎたてる。いつのまにか仲間の男が数人集まってきて女の加勢をする。まあ単純な脅しですがそれでとんでもない金をはらわせられる、というわけです」

「花のパリとかいいますがけっこう汚いことがあるんですね」

「危険と言われているようなところを一人で歩かないことです」

日本人が言った。

その一件から、ぼくは急に用心深くなった。まだ一カ月も一人でここにいなければならないからだ。

ホテルに戻るとトランクの鍵をかけずに外出していたことに気がついた。さいわい何もとられていなかったが、安いホテルだとホテルの従業員が部屋荒らしをしたりするから外出のときや寝るときにはかならず施錠すること、という注意もそのときに聞いた。日本の感覚では通用しない油断のならない花のミヤコである、ということをはじめていろいろ知ったのだった。

六階の屋根裏の部屋だというのに早朝、外のものすごい音で目を醒《さ》まされた。窓から通りをみると、ゴミ回収用のトラックがやってきて数人の男たちが働いている。その当時のパリは道すじにドラムカンが置いてあり、そこにゴミを捨てるようになっていた。男たちはその大きなドラムカンの中のゴミをトラックの荷台に捨て、空いたドラムカンをもとのところに乱暴に放り投げている。サカサになろうと横倒しになろうとおかまいなしだ。

その音がガンガン部屋まで聞こえてきて、それで目が醒めてしまったのだ。ずいぶん乱暴なやりかただが、働いている男たちはみんなあらくれている感じだった。早朝からまたもうひとつ、パリの裏側の顔を見た感じだった。

「いいな」と思ったのは朝食がクロワッサンとカフェオレだけで、ぜんぶ自分でやる。まだ日本にあまりクロワッサンなどない頃で、これがたいへんおいしい。飛行機のなかで北杜夫《きたもりお》さんの「どくとるマンボウ」シリーズのエッセイを読んできたのだがそのなかで、北さんがポルトガルでだったか、はじめてクロワッサンを食べたときに「あまりのうまさにパンツの紐《ひも》がゆるんだほどだった」と書いてあったのを思い出してタイミングのよさに笑ってしまった。パリにきてはじめて笑った時だった。

古城に泊まるのも楽じゃない

一〇日ほどしてパリから移動し、ロアール川沿いのルートを行った。ロアール川沿いには大小いろんな古城が見えるので、その後「ロアール川お城めぐり」なんていう観光目玉のひとつになったのだが、ぼくが行った頃は日本人が大挙して押しかける前だったので、言ってみれば城ばかり次々に建っている田舎《いなか》の川のルートだった。けれど、川沿いには小さくて美しい森や草原や果樹園らしきものが並び「へえ、地球にはまだこんなおとぎの国みたいなところがあるんだなあ」ともっぱら感心していた。男のぼくでさえ、さして興味のなかったそういう美しすぎる光景に目をうばわれていたのだから、後日フランス観光ツアーの目玉のひとつとなり「まあきれい」「夢のようだわ」などというジャパニーズツアー客が激増していったのもうなずける。

そのとき泊まった宿が、大きさはたいしたことはないけれど本物の城だった。城はまだ個人所有のものがいくつもあったらしく、ホテルにして金儲《かねもう》けしよう、とその城主は考えたのだろう。

与えられたぼくの部屋は記憶では三階ぐらいのところだった。石の階段をトランクを持って上がっていくのだから、どうかそんなに高い階にしないでくれ、と願ったものだ。

ぼくの部屋は天井の高い空気がシンとした冷たい部屋で、ベッドがふたつ。トイレとシャワーが一緒になったやつがあった。金具等の具合からドアや洗面所はあとで宿泊用に作ったものだな、というのがわかった。

ドア一枚ぐらいある大きな窓がふたつ。その窓もあとから作ったもののようだ。

部屋は大きく、ベッド以外はガランドウで、その空間で卓球ぐらいできそうだった。

これが本物のむかしのフランスの城なのか、という感慨はあった。それまで泊まっていたパリ市内の屋根裏部屋と比べたらもの凄《すご》い差で、なんだか「わらしべ長者」になったような気がした。

しかし、こういう石づくりの大仰な部屋はしばらくいるとたいへん退屈になる。何もないことが贅沢の一種、ということはわかってきていたが、これでもしや「拘束」でもされていたら中世の残酷物語の気分になれる。

夜の食事は階下にあるレストランで、あてがいぶちのものが出る、と聞いて安心した。田舎にくると言葉はみんなフワフワしたフランス語ばかりで、メニューを見て食い物を選ぶ会話などとてもできない。夕食まで時間はいっぱいあったので、カメラを持って外に出た。でも外だってところどころにポッンポッンと、それもひとつずつ味わい深い民家があって、あちこちにリンゴみたいな果物がなっている。小鳥の鳴く声がピーチクパーチク。本当におとぎの国に東洋の朴念仁《ぼくねんじん》が迷いこんできている、とはこのことだ、と思った。

これでロアール川の支流に「跳ね橋」でもかかっていたらへたりこみそうな完璧ぶりだった。こんな宿に泊まることはもう一生ないだろうなあ、と思ったが、事実、それから数年たって本物の古城のホテルは泊まれなくなっていったらしい。

夜、とんでもなく高い天井を見ながらベッドにあおむけになると、まるで外に寝ているような気分でおちつかなかった。ときおりどこかのドアの開閉音がことさら大きく聞こえてきてホラーものに近い状態になった。

トイレの下には小さい魚群

前にツリーハウス（木の上の家）はいいようで危険、という話を書いた。似たような理由で「水の上の家」もいろいろ問題がある。

フィリピンのセブ島というところだった。浜から長い桟橋が出ていて、それを幹に木の枝のように左右のところどころにすれ違いができないくらいの細い桟橋が伸び、その先端にひとつずつ海上コテージがある。遠くの高みから見るとコテージがなにかの果実で、全体が海面に横たわる巨大な樹《き》のようにみえる。コテージそのものは海の底に突きさした何本かの丸い柱で支えられていて海面から三メートルぐらいの高さだ。窓をあければまさしく海の上を漂っているようで、波との相対的な視覚の差で船に乗っているような気分にもなる。

寝室とリビングキッチンがある。ダイバーなんかが島にいる期間、一日中海に抱かれているような気分になるために長期に利用するから軽い料理などが作れるよう便宜がはかられているのだ。難敵は湿気だった。でもダイビングなんか関係なしにやってきたカップルなどは湿気もおかまいなしに窓のすべてのカーテンをひいて一日中愛をたしかめあっているという使いかたもしているようだった。

比較的波や潮流のおだやかなところにつくられているが、日によってはけっこう高い波が打ちつけてきて、一日中家もカラダも揺れていたりする。いくらか危険になるとボーイが伝令のように走りまわり、一時的に陸の上のホテルのロビーに退避させられる。

まあ、そういう安全対策がちゃんとしているのはいいことだ。このリゾート地ではないが数年前にやってきた台風によって同じようなつくりの海上コテージとそれをつなぐ桟橋のすべてが海に飲み込まれてしまったことがあったという。危険を察知し、客は全員陸に避難していたが、まさかコテージ全部が海に持っていかれるとは想像もしていなかっただろう。多くの客の荷物や服なども海にひきずり込まれてしまったわけだ。

ツリーハウスと同じように陸のレストランなどで強い酒を飲んで酔って帰るときも気をつけないと海に落ちる。いたるところにオレンジ色の外灯がついていて夜の闇が危険、ということはないが満潮になるといろんな魚がコテージ付近までやってくる。

鮫《さめ》はいない、と言っていたがやたら好奇心の強い鮫だっているからなあ。

トイレで出したものは海水汲《く》み上げ式の不思議な装置でためてある海水とともにコテ

ージの下に流される。そのとき紙を流さないように、と何度も言われていた。みんなが紙を流すとそのあたりの海面が大量の紙で汚くなるからだろう。

トイレの穴から覗《のぞ》くとその下に必ず小さな魚が群れて泳いでいた。釣りをする人はわかるだろうが「コマセ」の効果だろう。その小魚を狙ってもう少し大きな魚がやってくると釣りができるのだが、手応えのありそうな魚はなかなか姿を見せない。

ぼくのところは男のグループだからこなかったが、昼間よく観察しているのか娘たちのいるコテージの柱をよじ登ってベランダなんかにあがってくる近所のワルガキがいる。みんな可愛《かわい》い顔をしているし、飛び込みなんかもうまいので歓迎されてお菓子なんか貰《もら》ったりしている。コテージの管理人にそういうところを見つかると走ってきて捕まえられこっぴどく怒られる。でもすばしこいのばかりだからなかなか捕まらないのだった。

ロープでつながれた家の上で釣り＆ビール

水上の家ではパラオで面白いのを体験した。この島は戦前から戦中にかけて、日本人が二万人も居住していて、日本語教育も行われていたので、年配の人は日本人の旅行客と知ると積極的に日本語で話しかけてくる。

「こんにちは。いい天気ですね」

なんて言ってとても流暢《りゅうちょう》だ。

食堂などもカツドンなんてメニューがある。ブタジル、スイトン、ウドン。学生街の安食堂みたいだ。スイトンは日本ではもう家庭でもつくらなくなっているけれどパラオの人は好きらしい。赤道の下あたりで食べるカツドンは不思議な味がした。

ぼくは三人のチームで雑誌取材のために行ったのだが、酋長《しゅうちょう》の家で「わたしはこれが一番好きです。一日一個は食べますよ」と言って見せてくれたのがインスタントラーメンの「サッポロ一番」だった。その酋長の家の庭には重さ一五〇キロはありそうな石貨が少し土に埋もれて庭石のように置いてあった。

「これを本当に買い物に使ったのですか」と聞いたら「むかしはこれ一つで私のこの家ぐらいのが買えましたよ」と教えてくれた。石貨をゴロゴロ転がして買い物に行くのではなくて、家々に置いて等価交換のような使いかたをしたらしい。

さて、水の上の家だが、これは波の静かな内湾に長いロープでつながれた筏《いかだ》小屋であった。中に籐《とう》で編んだような簡単な長椅子状のものがいくつかあり、疲れたらそこで横になりなさい、というコトらしかった。もともとは釣りとスノーケル客用に作られていたらしく、トイレの隣にちゃんとドラムカンに入った水があってシャワーに使っていいようだった。

ぼくの友人の一人は釣りが好きで、ルアーを駆使して七〇センチぐらいのサワラを釣った。筏の上での釣果《ちょうか》だからたいしたものだ。

ぼくはもっぱら潜っていって、この湾にたくさんあるシャコ貝をとっていた。二〇〜三〇センチぐらいのシャコ貝が簡単にとれる。それらは自分たちで食べてよかった。でもシャコ貝はあまり大きいのではなく二〇センチぐらいのが日本人には合うと筏の管理人が教えてくれた。シャコ貝もサワラもその筏の上で自分たちで刺し身にして食う。

夕食のいいサケの肴《さかな》を確保したのだ。ただし当時はクーラーボックスなどあまり流通していなかったので、夕食の支度ができると三人で係留しているロープをひいて夕方にやってくる管理人から冷えたビールを買う。日本人の好みや習性をよくわかっているようで醬油《しょうゆ》とワサビも持ってきてくれた。

ビールは木の箱に氷と一緒に詰められていて申し訳ないほどキリリと冷えていた。

結局また筏を湾の真ん中のほうまで流し、そこで宴会をしてそこで眠った。

夜中にどんな魚か、かなり元気のいい奴がゴツンゴツンと筏の底をつついてけっこうやかましい。

翌朝、管理人に聞いたらシイラがイタズラしているのだ、と言っていた。それ以外はなかなかここちのいい海上の一夜だった。

それから二〇年ぐらいしてこの島にサントリービールのCM撮影に行った。懐かしい思い出のその湾に行ったらもう筏の宿はなくなっていて高床式のよくあるコテージに変わっていた。寝ているうちにロープがはずれてしまってちょっとした漂流事件があったから廃止になったらしい。残念。

巨大魚が釣れた!?

水の上の家の話をしているが、一番きれいだったのはミャンマーのインレー湖にある水上家屋だった。そのあたりはヤンゴンなどよりずっと北の高原にあるので気温はひくく、山上湖なので谷川から流れこんでくる水もきれいだ。

水上家屋は水草がたくさん生えているところに多く建っていて、人々は湖の魚を網でとるか浮き草を使った野菜栽培などして生活している。面白いのはあちこち勝手に流れている浮き草を集めてきて、自分の水耕農地をどんどん広げていることだった。これらを集めてきて紐で結んでいくと本当に働くだけ耕作農地が広がっていく。その上で葉野菜や瓜《うり》などを育てていく。働くぶんだけ土地が増える、というのはたいへん素晴らしいことだが、自然はいつも手痛い反逆をする。

ときおり湖が荒れることがあるのだ。山上湖だからひとたび荒れると激しい波風が吹き荒れ、せっかく拡張した「浮き草耕作地」がちりぢりばらばらになってしまう。地所崩壊である。働かず耕作地も殆《ほとん》どない人からすると、自然はこうしてバランスをとってくれている、と開き直って見ている。

こういう水の上の宿は流れている水がきれいだし、水草の溜《た》まっているところには魚が集まっている場合があるので、釣り好きの人が泊まるとたちまちコーフンする。

でもミャンマーなどの場合、シロウトがやる釣りは子供の遊びぐらいとしか考えていないので、釣り具など持っている人は少ない。

友人はそれでも針とイトさえあればこういうところでは必ず信じられない巨大魚が釣れるのだ、といって貸し水上家屋の人に頼んで釣り針を借りてきてもらった。

夕食までの長い午後、その友人はつっかい棒で板戸をあける原始的な窓から虫の幼虫を針につけて窓からの釣りをはじめた。このスタイルは多くの男があこがれる「寝ながら釣り」で、これで夕食のおかずになるような魚が釣れたら歓声ものだったがいきなり知らない水域にやってきたヨソモノに簡単に釣られる魚はまずいない。

それでも粘り強く針を上げ下げしていたら、やがて「かかったあ！」とそいつは大声をあげた。

すぐに慎重にイトを巻いていく。かなり重いようだった。まわりの仲間もみんな緊張して「落とすな」とか「辛抱強く」などとあまり役にたたない声をあげる。

やがて獲物が見えてきた。魚なら水面近くで暴れることが多いが、不思議におとなしくあがってくる。

やがてそいつの姿が見えた。カエルだった。アマガエルみたいに緑色をしているなら可愛いが、黒っぽい。カエルというよりガマと呼んだほうがいいような奴だった。水面にくると、そいつは急に暴れだし、すぐにもとの水草の中に消えてしまった。

「あいつ、でかかったな」

一人が言ったが、そのでかさはあまり自慢にならないようで、釣りあげた友人はとたんに無口になって次の針をおとすのをやめてしまった。

夜になると家の持ち主が夕食を持ってきてくれた。ごはんに魚の煮汁をかけたもので、木のスプーンで食べる。電灯はないし、夕方から急に蚊がいっぱい入ってきた。蚊とり線香はないし、蚊帳《かや》もないし、パチパチ両手で蚊を叩《たた》く音ばかり聞こえる辛《つら》い夜が始まった。

南米のデカネズミ料理

木の上の家、水の上の家、と紹介してきたが、人間は住んでいるその土地のいろんな状況にあわせて（対策して）さまざまなところに住む歴史を重ねてきた。

地面の上に囲いもなしに寝るのが危険なときに木の上に住んだり、水の上に住んだりしているのだ。

パラグアイで見たのは浮き島の上に住んでいる人々だった。パラナ川の流域にびっくりするほどでかい浮き島がいくつも集まっているところがある。丈のある草が密集して草原のように続き、五〜六メートルはある木まではえているところで「これも浮き島です」と言われても簡単には信じられない光景だったりする。

そういう浮き島のひとつに住んでいる家を訪ねたことがある。大きなボートで接近していくのだが、船から下りても大地はどっしりしており、土なんかもある。たとえ大きくても地面に足首ぐらいまではもぐるんじゃないかと思ったがまったくそんなこともない。

さすがに家は三メートルぐらいの柱の上の高床式になっていたが、地面にはニワトリや何匹かの犬がいてちょっと見たかんじすごく普通の川岸の民家とかわりない。

それでも二キロ四方はあるその巨大な土地（？）は浮いていて、川がときおり荒れたときは島ごと揺れるそうである。

両親と祖母と三〇代の男の兄弟で暮らしていた。彼らが何をして生活しているのか聞いた。「ヌートリア漁だ」と言ったのですっかり「カワウソ漁」（スペイン語で「ヌートリア」はカワウソのこと）と思ってしまったが、実際には「ネズミ」のこともヌートリアというそうだ。ネズミといっても大きく三〜四キロはあるという。アマゾンのカピバラは豚ぐらいあるネズミだから巨大ネズミがいるのはわかるがここのは猫クラスらしい。

その「デカネズミ漁」につれていってもらった。親父《おやじ》がでかける支度をするとモーターつきのボートに二匹の犬が慌てて飛び乗っていった。

そのボートに乗って二〇分ぐらい走る。まわりにいくつもの島が見えるがそれらもみんな浮き島という。そもそも大地とつながっている動かない島はここらにはないらしいのだ。

やがて比較的小さな島にボートが近づくと興奮して犬がボートからとびおり島に泳いで上陸した。

長いあいだに仕込まれているらしく、犬は吠《ほ》えながらずんずん島の奥に入っていく。ぼくもその島に上陸した。丈のある草の根が縦横にからみついているようだが、根の下はすぐに水であることがわかり、まさしく浮き島であるのを実感した。草の根のしっかりしたところに乗っていかないといきなりもぐる。片足全部落ちても股のところでとまるが、もしそれがなかったら全身島の下にもぐってしまうことになりそうだ。足の速い親父のあとについてなんとか犬のさわぐところまでいくと親父がすぐに鉄砲を撃った。一発でしとめたようだ。

尾をもってぶらさげると三キロぐらいのデカネズミだった。すぐに腹を裂き、臓物を犬にあげる。浮き草島の家の仕事はこのデカネズミを沢山捕って街に売りにいくことらしい。そのあたりではネズミもある層の人々には完全な食物になっているようだった。

狩りの様子を見せてくれたあと母親がネズミ料理をふるまってくれた。断るのは失礼だから食卓についた。ネズミのソテーだったが香辛料がつよすぎてネズミの本当の味はよくわからなかった。

一攫千金を夢みて〝アリ生活〟をする人々

地中の家、というのもけっこうある。中国の「ヤオトン」は黄河《こうが》上流の黄土高原地帯によく見られる。このあたりは西と東によって気象条件が違うのでヤオトンの形式も若干違ってくるがぼくが見たのは「下沈式」といわれるものだった。約一〇メートル四方、深さ六メートルほどの四角い穴を掘り、東西南北の壁を掘っていって住居にする。

北側にある部屋が太陽にむかう位置になるので一番条件がよく、一族の長老の部屋になることが多いようだ。そのまわりにそれぞれ一族の家族が住み、日当たりの悪い南側の隅が便所や家畜小屋らしい。

民家なので泊めてもらう部屋はなかったから三〇分ぐらい地中広場からかれらの生活の断片を見せてもらったが、暖かく、風もないし思ったよりも快適そうだった。気になったのは排水システムだが、もともと雨の少ない乾燥地方であり、黄土は固いけれど水はけがいいのでそんなに問題にならないという。

オーストラリアの固い砂漠のまんなかにクーバー・ペディという異様で荒っぽい街があり、ほぼ四〇〇〇人の住人の殆どは地下に住んでいる。遠くから見るといたるところ巨大アリ地獄群生地帯を連想させる。穴とそのまわりの砂礫《されき》がそういう形をしているのだ。

ここではオパールの採掘が行われていて、世界最大の採掘量なのだという。

誰でも採掘権二五ドルを払えば五〇メートル四方の土地を自由に掘っていいそうだ。オパールが一番効率よく堆積しているのが地下一〇メートルぐらいのところだというので、みんなまずそのくらいの深さまで縦穴を掘る。それから四方八方に横穴を掘っていってオパールを見つけるまで地下生活だ。

そのあたりは地上の気温が四〇度以上で、常にハエが目のまわり、鼻の穴のまわり、口のまわりにたかってきて慣れるまでは気が狂いそうになる。だから採掘人はみんな自分の地下穴で寝起きしているのだ。店も教会もプールも地下なのでまさに人間アリ国だ。三～四人がチームを組んで掘っているひとつの穴に潜らせてもらった。たった一〇メートル地下にもぐっただけで気温は一〇度ぐらい下がって俄然《がぜん》快適になる。それにうるさくまとわりつくハエがまったくいないので気持ちもやすらぐ。

ただし潜っていく穴は直径一メートルもなく、一人用のあぶなっかしいリフト（一本のワイヤーに横木がくくりつけてあってそこに両足をのせてワイヤーを摑みウインチで上げ下げしてもらう）でどんどん暗くなる地下に降りていくことになる。閉所恐怖症気味のぼくにとっては地獄行きの気分だった。

下に降りるとまさにアリ国のように横穴があちこちにのびていてそこには灯がある。それぞれの横穴の先端でオパールの採掘をしているからだった。いやはや世界にはこんなコトをしている人々もいるのか、と感心した。みんな一攫千金《いっかくせんきん》を夢みているのだ。

簡易ホテルも地下にあり、その日はそこに泊まった。ホテルへ降りていく穴はさすがに直径二メートルはあり、エレベーターとまではいかないが三人ぐらいがパイプで囲まれた箱に乗って動力で昇り降りできる。一〇メートル下の三つある客室もそれなりに明るく清潔だったが、なにも補強をしていない剝《む》き出しのやわらかい岩の中での宿泊は、もし落盤でもあったらどうなるんだ、という不安もあって寝苦しい一夜だった。

おわりに

世界にはいろんな寝場所、一夜の過ごしかたがある、という話を書いてきた。そこで「もうあんなところで寝るのはいやだな」というのと「あれが人生で最高の寝ごこちだった」というようなところを思い出し「人生はやっぱり旅なのだ」というエンドマークにすすんでいきたい。

最初はいやなところ。

これは自分の自由がきかない寝方、といっていいだろうが、状況はいろいろ違う。代表格は病院のベッドだ。ぼくは二一歳のときに壮絶な交通事故にあい九死に一生（医師の話）を得た。脳内出血。顔と頭の骨が見えるくらいの裂傷。免許とりたての暴走友人のクルマの助手席にいた。冬の真夜中二時である。殆《ほとん》ど車の行き来はないところでアイスバーンによるギュルギュル蛇行状態になり、歩道のコンクリートの電柱に斜めに突き刺さるように激突した。

普通ならフロントガラスをぶちやぶって即死するところだったらしい。運転していた暴走友人はハンドルに全身をぶつけて腎臓などの臓器破裂。しかしその当時、ぼくもその友人も柔道や空手の練習にあけくれていたので、もしかすると人生で一番体が強い時期であったのかもしれない。死ななかったのはその基礎体力に救われたのだろう。

すぐ後ろを地元のタクシーが走っていて血だらけのぼくたちを引きずりだし、地元の救急医院に連れていってくれた。この迅速な対応も命を救ってくれたらしい。

アドレナリンが噴出しているせいか意識ははっきりとしており、手で傷口をさわると切れた長さや深さがわかった。不機嫌な医師に「先生、ぼくの顔や頭はもとどおりになりますか」と聞いたら、医師は「そんなコトよりも君は今は〝生きる〟ということだけ考えなさい！」と怒りのこもった声で言われた。そんなに重傷なのか、と気が遠くなった。

脳内出血は動かすのは厳禁であり、体を温めるのもよくない、というので手術後ぼくはストレッチャーの上に寝たまま、処置室で一晩過ごした。生きる力が萎えていたらそのまま夜更けにあの世にひとり旅立ってもおかしくない状況だったらしい。

しかし生き延び、病室に運ばれ、そのまま絶対安静四〇日間の生まれて初めての入院生活になった。最初の数日は点滴につながれ、自分で手をだして水も飲めず、トイレ関係はもちろんベッドのなかで済ます。

この「とらわれ」の日々は辛《つら》かった。精神安定剤と睡眠導入剤が点滴のなかに入っているらしく常にウトウトし、夢と現《うつつ》のあわいの、自分の意識がない世界を過ごしていた。

一週間目ぐらいの朝に、いきなり思考が戻った。いまどうして自分がこのようなところにいるのか。

個室のなかはシンとしている。

窓の一番上だけ透明ガラスで、そこに月が見えた。二月のいかにも冷酷なシンとした月であった。たくさん寝てばかりいたから次第に頭の中の思考が活発になる。生と死のあいだをさまよう眠り、というのを通過してきたのだろうけれど、こういう寝たきりのベッドの上に自分はあとどのくらい拘束されているのだろうか。いろんなことを考えているうちに、こういう眠りかたから一気に逃げだしたくなった。逃げたらやっぱり死んでいたのだろう。

考えてみるとそれが生まれて初めての入院であり、しかも四〇日間という長逗《ながとう》留《りゅう》というか長期入院なのだった。

今後どんなことで入院するかわからないが、少なくとも今日まではその二一歳のときの脳出血入院が空前絶後であり、思えば暴れ盛りの体でよく耐えていたものだ。とにかく頭を冷やして寝ていなければならないのだ。事故をおこしたあとの最初の二週間は「絶対安静」で、医師は「とにかく頭をうごかしてはならない」と言った。

脳の中に大量に脳内出血した血が残っていて、刺激を与えて出血を増やさないようにし、さらに脳内に溜《た》まった血のかたまりを血流でソトに出していく。キミがいまやることはそれだけしかない。と、言われた。

だから仰向《あおむ》けに寝て一日中じっとしている。友達がたくさんやってきて付き添い看病のシフトを作ってくれた。

付き添いがやることは頭を冷やすための氷枕の氷を補充すること。大小便の面倒。小便は医療用の細いパイプを尿道の内側にとりつけ、出したいときにいつでも自由に、というやつだったが、寝ながらではなかなか小便は出にくいことと、あまり長くそのままにしていると炎症をおこしてしまうことがあるから、一週間ぐらいで「しびん」に採取する方式になった。

高校時代の友人たちがシフトを組んでその手伝いをやってくれるのだが、同じクラスだった女子生徒もメンバーにはいっている。しかしぼくはまだ二一歳だったから、かつてクラスメートだった女子にそんな世話はさせることはできない。だからありがたいけれどそういう点で、女子は面倒な存在だった。

入院一週間ぐらいは点滴だけだったから小便は出るが大便は最初少し出たきりでもう出ない。何も食っていないのだからあたりまえだ。ただしガスは溜まる。オナラである。体内に食物が殆どないのにどうして腐敗ガスが発生し、それが溜まるのか不思議だった。男の友人だったらかまわないが女子の場合はがまんする。女子が出ていくとガスを出す。これが体内廃棄物が蓄積されて発酵するからなのか非常に臭い。

そういう時は友達に窓をあけてもらい、ぼくは「毒ガス噴射！」と言って力をこめて放出する。力をこめて、と言っても食物のないガスなので、しばらくするとそれも出つくしたのか空砲に近いものになっていった。

点滴で生きているようなものだった。

本はむずかしいものじゃなければ読んでもいいと言われたが、頭を固定して両手を上に出して本を持って読むのはけっこう腕の力と忍耐力がいる。ムズカシイ本などうせ読んでいなかったから簡単な本なのだが、体勢と体力的なものでそういう暇つぶしもあまり有効ではなかった。

やはり親友たちと他愛のない話をしてわらいあう、というのがいちばんぼくにとってはありがたかった。

気になるのは運転していてハンドルに腹をぶつけ内臓破裂したという友人の消息だった。彼は、家の人がタンカを持って大勢やってきて、どこか自分たちの知り合いの病院に強引に連れていってしまったらしいのだ。ぼくとは最初から病室が違っていて、そういうことを医師や看護師に聞くのもどうもはばかられる、という不穏なものがあった。

入院一週間では絶対安静がまだ続いていたが、精神の混濁は解消され、昼と夜に看病にくる友達は四人の交代制になった。全部自分たちでそのシフトを組んでくれるので友達というのはまことに有り難い。

点滴はまだ続いていたが最初の頃の連続状態からはだいぶ点滴瓶の本数もへり、重湯《おもゆ》が出るようになった。けれど赤ちゃんのように寝たままで食べさせてもらうのは物心ついてからはじめての経験で、五日間ぐらいのあいだに胃も小さくなってしまったようで、量は食べられないし、おいしくもなかった。

その頃、ぼくのベッドの隣に老人が入ってきて、その人も絶対安静のようだった。それまでぼくは付き添いの友達と自由に話をしていられたのだが、隣に入った老人の安眠をさまたげてはいけないから会話もヒソヒソ声になった。

八時以降になると友達は帰され、本を読むことも禁じられていたので何もやることがなくなり、寝られずにぼんやりしている時間が苦痛になっていった。

壁に友人たちが大きな紙を貼り、そこに手書きのカレンダーを書いてくれた。その下のほうにぼくが「しびん」を肩からぶらさげて走っている絵が描いてある。なさけない恰好《かっこう》だった。医師からそれほどはっきり言われたわけではないがとりあえず四〇日間の入院は覚悟しなければならないようだった。

カレンダーの四〇日目のところに「ゴール」という文字が書いてある。その日まで「しびん」を肩からぶらさげたぼくは必死に走っていかなければならないようだった。

「早く四〇日目になれ」と精神のほうが焦ってそのカレンダーの上を走っていた。

点滴をしているとすぐに小便をしたくなる。点滴の水分が体に入ってきているから余計な水分が出ていくのかと思っていたら、化学に強い看病チームの友達の一人が「たぶん浸透圧からだと思うよ」と言った。そのときぼくはまだ浸透圧についてほとんど知識がなかったから黙って聞いているだけだったが、その後数十年たって、その説は本当である、ということを知った。「しびん」に小便をするのがだんだんうまくなってきた。

重湯を食べるようになると五日目ぐらいではじめて便意がきた。ベッドの上で便をする平たいユタンポみたいな専用便器がある。上半身を起こしてその上に乗ってしろ、と言われたがそんな恰好でなかなか簡単にできるものではない。五日間重湯を食べたぐらいでは腸がみんな吸収してしまうのではないかと思うのだが、看護師は便を出さないと体に便の毒素が回って別の病気になるのよ、などと脅す。

しかしいくらキバってもうまくいかなかった。結局入院二〇日ぐらいしても便は出なかった。看護師は「浣腸《かんちょう》」をする、などとまた脅すので、あるときぼくは「今日出ました」などと嘘《うそ》をついてやり過ごした。

入院三〇日にあと数日、という頃にトイレぐらいまでなら歩いていってよい、という許可が出た。ベッドから立ち上がると、その日看病にきた二人の友達が大笑いしている。ぼくの背が前よりも大きくなっている、というのだ。ずっと寝ているとすべての骨の関節が伸びて本当に一時的に背が伸びるらしい。ぼくはフランケンシュタインの怪物のようにおぼつかない足どりでノソノソ便所にむかった。

旅ではない眠りの話が続くが、その翌年あたりだったろうか。警察に逮捕され留置場で三泊四日過ごしたことがあった。理由はつまらぬ喧嘩《けんか》だったが、警察の犯罪用語に喧嘩というのはなく「暴行」ということになる。

夜に逮捕されたので留置場に入るとそのまま寝ることになる。すでに二人の先住人がいた。小声で「おめえなにやった」などと興味津々に聞く。正直に答えると「なんだ、そんなんじゃ三泊か四泊ででられるよ」となぜかがっかりしたように言われた。

先住人の一人はサギで一人は自動車強盗で捕まったのだという。どちらも警察の留置場に拘束できる二二日間ギリギリまでそこにいるらしい、と知った。これらの会話はみんなヒソヒソ声でやる。

よく聞くようにこういうところの布団は薄べったくて冷たかった。初日は体も神経もコーフンしているわりにはすぐに寝てしまったが、翌日からは退屈で寝付きも悪く、とても困った。本を読むこともできないのだ。このときの眠りはやはりわが人生の眠りのワースト3には入るだろう。四日目に東京地検で一人の検事の前で釈放された。罰金刑だった。そのお金は友人の弁護士の木村《きむら》君のお母さんから借りた。そうだあのときのお金、ちゃんと返しただろうか。

同じ檻《おり》の中で寝るのでも奥アマゾンでのそれは判断が難しい。

インディオの住んでいるポカ村というところに滞在したときのことだ。雨季で、人々はバルサなどの浮力のある大きな木でイカダをつくりその上に小屋をたてて暮らしていた。アマゾンの力強い流れにイカダごと流されないようにがっしり根を張った大きな木にワイヤーでつないでいる。

ぼくに与えられた部屋は妙に入り口が小さかった。壁が金網で作られているようだ。その中にハンモックがあり、あとは家具のようなものは何もない。

ハンモックの上に寝そべると風が全身を吹き抜けていき、夜など気持ちがいい。しかし寝ながら全体を見回すと、金網は入り口のところだけでなく全体におよんでいるようだった。どうも自分は檻に入れられているようで、入り口のドアに外から鍵をかけられてしまったら精神的な圧迫感がどっとくるだろう。ハンモックから下りて確かめに行った。大丈夫。外側から鍵をしめるようには出来ていない。

あとで聞いてわかったのだが、それは毒蛇よけのためのまあ言ってみればカナモノの蚊帳《かや》のようなものなのだった。アマゾンには水陸を行く毒蛇がけっこういる。だから真夜中にカナアミの上を毒蛇が這《は》っていくのを見てしまう、ということもあり得たわけだ。慣れていれば、自分は安全だからそこそこ「いい眺め」となったかもしれないが、知らないままフト目をあけると頭の上を毒蛇がくねっていくのを見るなんていうことになり、そうとうに動揺したことだろう。そういう意味ではその金網の中の寝室での眠りは今思えばけっこう安心で涼しい「いい眠り」ということになるのかもしれない。

さて、これまでのわが眠りの中で最高だったのはバリ島だった。ホテルによっては敷地の端のほうに高床式のタタミ三畳ほどの小屋が作られていて、そこでけだるい午後など休むことができる。風がとおりぬけて行き、遠く近く鳥の鳴き声やムシの鳴き声などが聞こえてくる。本など読もうとビールと本を持ってそこに行ったがあまりの「のどかさ」に、気がつくといつの間にか眠っていたのだった。あのここちのいい午睡は一生もん、だと思う。

むかし沖縄でよくキャンプしていたことがある。海岸ぞいにテントを張るが、モンパノキをさがし、その下にテントを張る。モンパノキはそれほど大きくならずせいぜい三〜四メートルぐらい。地表近くまで枝を大きく傘のように広げ、大きな葉をいっぱいつける。だからちょうどいい日陰になるし、にわか雨など降ってきてもちょっとぐらいなら影響はない。テントには入らず、そのモンパノキの下で潮騒を聞きながら眠るのは実にここちがよかった。

解　説

澤田康彦

椎名誠に出会ったのは学生時代、本の雑誌社の助《すけ》っ人《と》としてであった。それから四〇年余りつかず離れず、というか、びたあっとくっつきすぎるほどくっついたり、逆に逃げるほど遠ざかったりして生きてきたのだが、彼と彼の本から学んだことをひと言で括《くく》れば「怪しさ」の魅力・魔力なのではないか。正しさよりも怪しさを選ぶ感覚。

そもそも最初に参加した幕営は探検隊と自称し、その上には「怪しい」なる形容詞がついていたっけ。あの頃出合ったスーパーエッセイと呼ばれる抱腹絶倒の作品群のタイトルは『わしらは怪しい探険隊』『さらば国分寺《こくぶんじ》書店のオババ』『もだえ苦しむ活字中毒者地獄の味噌蔵《みそぐら》』……といずれもそれこそ怪しきタイトル群で、このニューウェーブと言えるシーナワールドに青年はたちまち魅せられた。魅せられたる魂なのであった。

雑誌編集者として連載担当をしたこともある。後に『長く素晴らしく憂鬱な一日』となった小説で、主人公は本人、新宿御苑前《しんじゆくぎよえんまえ》近くの仕事場を出て「新宿シルクロードぬめぬめルート」をたどり、居酒屋を経て帰宅、ベッドに行き着く作家の半日ほどを描いたものであるから、回を追っても一向に進まない。私は毎号くねくね文字の解読にいそしみ、判読に苦しんだ。「これどう読むんですか?」「昇降動物だ」「何ですか、それ?」「いるんだよ、そういうのが」「???」といったアンバイ。くたびれ気味の作家の思念が過去現在異次元を右往左往し、次々と不気味な人物、景色が現出する。大蛇を飼う詩人、神を信じよのスピーカー男、ヒトゴロシ研究家、かりこつ仮面……読み直して確信したのだが、これは椎名作品中最も怪しい私小説だろう。

一緒に映画を作ったこともあった。最初の川下りの映画などは脚本もまあテキトー、現場で朝突然椎名がひらめき、「長ぐつ男を入れよう」とかと言い出したりした。川っぺりに長ぐつをいっぱい売ってる怪しい男がいるんだ、と何がおかしいんだかニマニマしつつ大得意で語った。私が異論を唱えんとする前に「うっせー」と制し、愚直なスタッフたちはそれえっと長ぐつの手配にかかった。橋の下にただぶらさがっている男も発案、沢野《さわの》ひとしの配役となり、けっこう大変な手間をかけて吊《つ》り下げたが、これは後の編集で「ふざけすぎてるから」とカットとなった。石垣島《いしがきじま》で撮った次の映画でも「めずらしや」なんていうフクギの木の下で物を売る怪しいオジイを据えたっけ。プロデューサー、脚本補佐として椎名監督のそばにいて、その怪しさへの偏愛・追求ぶりを時におかしく、ほとんどはいまいましく感じていたものだ。
《僕は昔から「怪しい」のが大好きで、正しい探検は凄《すご》いが怪しい探検も捨てがたい。正しい道を行くよりも怪しい道を選んできたし、正しい酒などで酔えるわけもなく論外だ。チミモーリョーの怪しい世界には抗しがたい魅力があって、それがときに豊穣《ほうじょう》をもたらしてくれる、と信じ続けている》と、これは『とつげき！シーナワールド‼』第3号「怪しいの大好き！」特集（二〇一五年四月、椎名誠　旅する文学館刊）の序文。椎名とその仲間たちが発作的に作ったこれら全八冊は見事にその思想趣味嗜好《しこう》性癖病歴が反映されたシリーズとなっている（入手できるうちにご購入を）。第4号の特集は「旅ゆけばヒトモノケモノバケモノ見知らぬモノと会う」で、序文はこう。《予定調和な旅などクソくらえ、見知らぬ土地で、見知らぬモノどもをつぶさに見てやろうと思えば、カンナンシンク、チミモーリョーが待ち受けているのである。そんな味わい深い旅を僕の仲間たちの体験談で綴《つづ》った》。『旅先のオバケ』と完全につながった世界である。

本書は「東京スポーツ」で週イチ連載された「風雲ねじれ話」の中の「旅の宿」をまとめたものだ。同紙のコラムは二〇一二年四月からこの二一年三月まで一〇年近く続いた。本書以外にも『奇食珍食糞便録《ふんべんろく》』（日本人が絶対読むべき傑作ルポ！）や、フォトエッセイの形をとった『旅の窓からでっかい空をながめる』『この道をどこまでも行くんだ』と、現時点でテーマ別に編集、書籍化された全四冊がある（プロレス話の連載分はどうするのかなあ?)。

『奇食〜』のあとがきには《たいていおとっつぁんが読んでいる「東京スポーツ」という、なんでもありの夕刊新聞のコラム連載が初出だったので、あまりお上品にかまえてもしょうがないから、こっちも書きたいようにトバしてしまった》とある。時おり粗製濫造とうそぶく椎名だが、彼が「書きたいようにトバす」タッチは、ジャズでいうインプロヴィゼーションのような最高のノリ、焚《た》き火《び》の前でお酒飲みつつみやげ話を聞いているかのよう。豊富な実体験をベースに展開する語りの一編一編にぐいぐい引き込まれてしまう。またこれは作者の特徴なのだが、エッセイであっても私小説のような味わいがある。

本書『旅先のオバケ』はタイトル通り怪しい体験談集。彼の真骨頂、名人芸のジャンルと言えるだろう。《霊感というのはあまりないほう》という著者がそれでも視《み》て聴いて感じてしまった超常現象や恐怖、驚愕《きようがく》体験を中心としたエッセイである。椎名以上に霊感に乏しく「そういったもの」を全然信じていない私も認めざるをえないリアリズム、説得力がここにはある。困った。恐ろしい。《体験上、世の中には科学では説明できないヘンなものが絶対存在すると思っている。そうしてそのヘンなものは、その土地、あるいは建物などに帰属しているのだろうと確信している。／つまりテキはあっちこっち出歩かないのだ》なんて断言されると、信じざるをえないではないか。そしてそうか、あくまで奴《やつ》らは「テキ」なんだよね。

時おり挟まれる一文一文があっさりしていて、だからよけいにぞっとさせられる。

《一人が「おれたち、どこかで帰りの道を間違っていねーか」と言いはじめた》

《灯台じゃない。でもなんかおれたちを誘っているみたいに見える》

《なにが違うかはすぐにわかった。海の音が聞こえないのだ》

《島の人口よりも墓のほうが多いんだろうねえ》

《霊というのがあんなに存在感があるのか》

《音もなくあいたドアから「なにか」が現れてきた》

《目をこらすと、それは犬ではなく人間だった。しかもひどく小さい人間だった。犬ぐらいの大きさでハダカだった》

実際に体験しているのだな、と想像できる文章だ。無人島についてのこんな一文も心に留まった。

《むかしヒトが住んでいてなにかの理由で全員離島し、無人島になってしまった島の場

合、そこに先祖代々住んでいた人々のなにかの「思い」の残滓《ざんし》、思念のきれっぱしのようなものが漂い残っている》
あるいは、これ。
《古いホテルや宿になるとひとつひとつの部屋にそれまでどのくらいの人が泊まったのかはかりしれない数になるだろう。そうしてそこではいろいろなことが起きていた筈《はず》である》
収容所跡についてはこう。
《人間というのは沈黙している写真の中からでもあれほどはっきり怒りや諦めや恨みを放射できるものなのか》
旅先、未知のフィールドに立ち、時にヒトが不在となった景色に触れ、あるいはたった一葉のモノクロ写真の中にも、かつて繰り広げられていたであろう悲喜劇、事件を探りあて、視てしまう。並み外れた創造&想像力を持つこの冒険家は、あくまで私見だが、相当に怖がりで、孤独に弱く、ひどく寂しがりなのではないか。でなければこんなふうに鋭敏に恐怖を感じとれないし、描けないだろう。またまた余談なれど、ずっと前に恐怖漫画家・楳図《うめず》かずお氏に会ったときのこんな言葉が胸をよぎる。「私は怖がりなんですよ。自分がいちばん怖いと思うことを描いているだけ」。いちばん怖いものは？　と聞いてみたら「動く心臓」と、恐怖の創造主は震えつつ答えたっけ。

椎名もまたそんな作家であろう。笑わせるのがうまい人は、怖がらせるのもうまい（あ、楳図作品には『まことちゃん』なんてのがあるね）。

小便に立ったあと《戻ったら部屋に仲間たちが誰もいなくなっていたりしたら嫌だろうなあ》とか書いていて、笑わせてもらいつつ、ああそれは本当に怖いだろうなとも思う。今回のエッセイでは、テントの中と外、宿の部屋の扉の向こう、こっち側とあっち側、そのあわいに書き手は立っている。オバケだけではない。テントの外は二〇〇〇匹の蚊、なんてずいぶんな恐怖じゃないか。

基本的に椎名の旅は単独行ということはほとんどないのではなかろうか。探検隊というのはむろん複数で活動するものであるし、多くの取材には同行者がいるだろうし、海外はもちろん必ず案内人が必要だし。閉所恐怖症であることも告白し、海中でパニクる姿もさらけ出す。長年の不眠症患い、ついでに書けばイソメ、ゴカイのたぐいが苦手だ。雑魚《ざこ》釣り隊ではイソメを軍手でつかんでいたっけなあ。冒険家の行く手に障害物は多いのである。そんなシーナを、かつて自身が創案した「味噌蔵」に閉じ込めてやり、人に会わせず一人っきりにし、活字、ついでにペンも紙も与えず、さらにイソメを大量に放り込んだらどんな地獄八景《ばっけい》を見られるであろうかぐふぐふ……とドレイ隊員の私は夢想してにわかに楽しむ。

怖がりであるけれども（が故に？）、怪しさを偏愛する男。悪夢、幻視、オバケ、生き霊から、酸性雨、変人奇人狂人異星人、ロボット、毒虫、危険生物、ゲテモノ、糞便まで……エッセイと並行してずっと書かれてきた椎名の「北政府」ものを核としたSF小説や超常小説群のあの不気味さを見よ。いやSFでなくとも、（集英社文庫に多くあるような）家族小説、私小説においてさえ怖いシーンは随所に現れてくるのである。たとえば——

《その家の一番はずれの二階の部屋から時々人間の「手」が出ている（略）。いきなり窓から手だけが出ているので、最初の頃は実に気味が悪かった》（『白い手』）

《北側の斜面に小さな祠《ほこら》があって、その中に沢山の長い髪の毛が収められていた。（略）暗くなってからそのあたりを一人で行くのはかなり勇気が必要だった。（略）藁《わら》人形に恨みをこめて祠のあたりに打ちつけていく「丑《うし》の刻参り」はどうやら実際にあったらしく》（『春画』）

《私がはじめてこの藍《あい》が江《え》にやってきた日、（略）最初に出会ったのは、四人の漁師ふうの男に手足を持たれて、鉄砲で仕とめられた獣のような恰好《かっこう》で、あおむけに坂をのぼってくる裸の若い男の姿だった。（略）水を沢山呑《の》んだあとらしく、ぐったりと首を垂れ、口をあけたままうつろな目で空を見ていた》（『続　岳物語』）

怖いものは超常現象とは限らない。この作家は少年時代の純粋な感覚のままに、心の震え、ざわざわ、どきどきの感覚をすくいとる能力に長《た》けている。そして自身が得たもの、持てる限りのものをこちらに伝えてくれる。個人的な趣味としては、椎名に本格ホラーを書いてもらいたいと心から願う。

人間の真実は怪しきにあり。正しすぎるもの、消毒されたもの、建前だけの薄っぺらなものに気をつけろ。社会の底辺、はみだしたところにうごめくものに意識を向けよ。耳をすませ、目をみはれ。カンナンシンク、チミモーリョーが待ち受けている「そこ」に突き進め。そう椎名は扇動し続ける。

（さわだ・やすひこ　編集者／エッセイスト）

本文写真／椎名　誠
イラスト／鹿又広祐　本文デザイン／ Balcony 桐野太志

初出紙――東京スポーツ
「風雲ねじれ話　旅の宿」（二〇一五年六月～二〇一六年十月）

本書は二〇一八年六月、集英社より刊行されました。

集英社文庫

旅先《たびさき》のオバケ

2021年7月20日　第1刷
2022年6月20日　第3刷

定価はカバーに表示してあります。

著者　椎名《しいな》　誠《まこと》
発行者　徳永　真
発行所　株式会社　集英社
東京都千代田区一ツ橋2-5-10　〒101-8050
電話　【編集部】03-3230-6095
【読者係】03-3230-6080
【販売部】03-3230-6393(書店専用)

印刷　大日本印刷株式会社
製本　大日本印刷株式会社

フォーマットデザイン　アリヤマデザインストア　　マークデザイン　居山浩二

ISBN978-4-08-744274-8 C0195